Der freche Kater Minki

von Medra Yawa

Bibliografische Information der Deutschen Nationalbibliothek:
Die Deutsche Nationalbibliothek verzeichnet diese Publikation
in der Deutschen Nationalbibliografie; detaillierte
bibliografische Daten sind im Internet über dnb.dnb.de
abrufbar.

Herstellung und Verlag: BoD – Books on Demand, Norderstedt
ISBN: 9783756834044

***

https://medrayawa.com/

Minki unter einer Tanne,
Sommer 1992

Kapitelübersicht

Vorwort

Die anschließenden Kurzgeschichten sind chronologisch angepasst, nicht sortiert.
Die Sortierung erfolgte thematisch, um den Lesefluss zu vereinfachen. Von daher existieren minimale Unterschiede zu den Originaltexten auf meinem Blog.

In diesem Sinne wünsche ich Euch viel Vergnügen mit dem frechen Kater Minki.

Medra

Der kleine Kater Minki

Minki hieß nicht immer Minki.

Einst war Minki ein kleiner Streuner. Ein schwarz-weißes Käterchen ohne Zuhause. Seine Pfötchen waren so weiß wie Mehl. Auch Bäuchlein und Gesicht strahlten wie Schnee! Doch konnte man diese reine Farbe kaum unter dem verzottelten und dreckigen Fell sehen …

Erst als ein Zweibeiner das kleine Raubtier von der Straße auflas, wandelte sich das fauchende Antlitz. Endlich hatte das Käterchen ein Zuhause. Es musste sich sein Essen nicht mehr aus dem Müll zerren. Er konnte sich putzen. Sich pflegen. War nicht mehr Wind und Wetter ausgesetzt. War nicht mehr einsam. Nicht mehr allein.

Und so bekam er seinen Namen.

Minki.

Minki begeisterte sich schnell für sein neues, gemütliches Leben. So war er überglücklich, endlich ein richtiges Dach über seinem Köpfchen zu wissen. Er schmiegte sich überaus gern in die weichen Decken. Er genoss das Katzenfutter, das er sich nicht mehr erlegen musste. Er liebte die sommerlichen Ausflüge in den Garten. Die gelegentlichen Krauleinheiten – aber nur wenn er sie akzeptierte!

Jedoch war nicht alles wundervoll. So waren Tierärzte eine einzige Zumutung! Und wer kam eigentlich auf die Idee, am Ende des Sommers zurück in die Stadt zu fahren? Musste das sein? Konnte der Sommer nicht ewig währen? Außerdem – warum bekamen die Zweibeiner ganz anderes Essen? Das sah so viel leckerer aus als seines!

Und so beginnen die Geschichten des frechen Katers.

Minki.

Minki und die Kakteen

Es begab sich zu einer Zeit, als Minki frisch bei seinem Retter eingezogen war. Er war noch sehr klein. Sehr jung.

Und extrem unerfahren.

So kam es auch, dass der junge Kater alle Kuriositäten der Zweibeiner erkunden musste. Zum Beispiel war es wirklich komisch, dass diese ihre Steinwände mit Papier beklebten. Ach, war das herrlich, wenn er seine Krallen daran wetzte! Nun musste nur die Frau seines Retters aufhören, ständig danach mit ihm zu schimpfen. Also echt! Wie gemein …

Aber wo er gerade bei seinen neuen Mitbewohnern war, so waren diese eh ganz schön eigenartig. Täglich zogen sie ihre spärlichen Felle aus. Sie streiften sie ab, knüllten sie zusammen und am Ende wurden sie gewaschen! Gewaschen! Mit Wasser! Brrr …

Auch fanden die Zweibeiner Gefallen daran, sich Grünzeug in die Wohnung zu stellen. Also, grünes Zeug. Nicht richtig Grünzeug. Sie nannten es zwar Pflanzen, jedoch musste das ein Fehler sein. Nur deswegen konnte Minki keine Blätter oder Blüten daran erkennen. Ja! Nicht mal Grashalme! Stattdessen war dieses Grünzeug … stachelig?

Missmutig betrachtete der Kater die Pflanzen, die auf *seinem* Fensterbrett thronten. Sie machten sich so breit! Dabei konnten sie gar nicht aus dem Fenster sehen … Was wollten sie hier? Und was wollten die Zweibeiner mit den Dingern anfangen?! Minki konnte einfach nicht verstehen, was sein Retter an diesen Teilen fand. Sie waren so hässlich!

Vorsichtig tapste er näher an eines der Nadelkissen und schnupperte daran.

Er roch nichts.

Das konnte nicht sein! Wieso hatte es keinen Eigengeruch?

Wieso roch er nur Erde? Was war das für ein Hexenwerk?!

Neugierig schlich er sich um den Topf herum und steckte die Nase tiefer hinein.

Ein Stachel bohrte sich sacht in seine Nasenspitze. Dennoch war da kein richtiger Geruch. Kein Leben.

War so etwas denn erlaubt?

Gedankenverloren wollte er sich hinsetzen, als er einen stechenden Schmerz im Oberschenkel spürte. Abrupt sprang Minki vom Fensterbrett herunter. Er fiel. Hieb die Krallen in die Gardine. Schwang wie ein Affe zur Seite. Sah die Wand auf sich zukommen. Stieß sich ab!

Und purzelte jaulend zu Boden.

Eilig renkte er den Kopf nach hinten, um die Quelle seiner Pein zu erblicken.

Drei winzig kleine Nadeln steckten in seinem Oberschenkel. Böswillig hatten sie sich in seine Haut gebohrt und schienen sich dabei noch zu freuen!

Beschämt leckte er seine Wunden. Er kämpfte die Stacheln mit seiner rauen Zunge heraus. Spuckte sie weg. Begutachtete seine Verletzung. Sah zuletzt zu den Pflanzen hoch.

Nie. Wieder.

Minki und der tropfende Wasserhahn

Minkis Ohren folgten unruhig dem Poltern. Erst kam es von links. Dann von rechts. Nun wieder von links.

Müde öffnete er ein Auge und beobachtete, wie sein Retter durch den Flur hetzte.

Huh? Das war neu … Sonst war er viel besonnener und vor allem leiser! Aber es schien auch reichlich spät zu sein. Später als sonst, wenn sein Zweibeiner die Wohnung verließ. Hatte es damit zu tun?

Der Kater schloss das Auge wieder und dachte an seinen Traum zurück. Es war ein schöner gewesen. Eine riesige Futterschale war darin vorgekommen. Und ein entspannendes Sonnenbad, das er ohne-

Polter!

Erschrocken sprang der Kater auf und krallte sich im Sofa fest. Doch war es nur sein Retter. Dieser schien gegen den Hocker im Flur gelaufen zu sein. Fluchend hüpfte der Felllose durch den Flur – direkt an der Stubentür vorbei – zu seinen Schuhen, die unter der Garderobe warteten.

Minki beobachtete ungeduldig, wie sein ungelenker Retter hineinschlüpfte und verschwand. Na endlich! Dieses Theater hatte sich lang genug hingezogen!

Genervt rollte sich der Kater auf der Sofalehne zusammen. Er leckte sich dreimal den Rücken. Eine reine Beruhigungstaktik. So tief wie ihm der Schrecken noch in den Knochen sa-

Platsch.

Seine Ohren zuckten zum Flur.

Was war das? Hatte er gerade wirklich etwas gehört? Oder hatte er es sich nur eingebildet? Nein. Das konnte nicht sein. Das war albern! Die anderen Zweibeiner schliefen ja noch. Er musste sich getäuscht hab-

Platsch.

Minki riss den Kopf herum.

Er lauschte. Angespannt. Diesmal war er sich sicher: Das Geräusch war echt. Und es kam aus seiner Wohnung! Es kam aus-

Platsch.

Ruckartig sprang der Kater auf. Er huschte eilig in den Flur. Versteckte sich unter dem teuflischen Hocker. Kostete die Luft. Bemerkte nichts Ungewöhnliches, das-

Platsch.

Ja. Es kam aus seiner Wohnung! Langsam schob sich Minki voran. Weiter zu den nächsten Türen. Links schnarchte eine Zweibeinerin. Rechts war das Badezimmer. Hier machten sich die Felllosen immer fertig, ehe sie raus-

Platsch!

Da!

Unschlüssig begutachtete er die Badezimmertür.

Ab hier war es gefährlich. Wenn er nicht aufpasste, konnte er schnell eine Duschladung abbekommen. Dann würde das ganze Fell triefen! Er müsste sich wieder putzen und-

Platsch!

Vorsichtig spähte Minki in die Dunkelheit. Er lauschte. Schnupperte vorsichtig.

Alles wie immer.

Platsch!

Wäre da nicht dieses Geräusch ...

Unschlüssig legte der Kater den Kopf schief. Sollte er reingehen? Oder lieber draußen bleiben? Aber ein Teil von ihm wollte diesem Geräusch unbedingt auf die Schliche kommen! Er wollte wissen, was das war! Er wollte-

Platsch!

Der Kater sah ein letztes Mal den Flur hinab, ehe er langsam

eine Pfote ins Zimmer schob. Er tastete sich sachte voran. Bis zu dieser großen Schale, auf die sich die Zweibeiner sonst setzten, um ihre Geschäfte zu verrichten. Er sprang behände auf den Deckel, um sich einen besseren Überblick zu verschaffen. So könnte er eher-

Platsch!

Wasser tropfte aus dem silbernen Stock. Zielsicher fiel es direkt in eines dieser kleinen Löcher des hohen Beckens. Dort knallte es viel zu laut gegen irgendein Hindernis. Vielleicht lag es am Echo. Vielleicht an dem Loch. Der Kater wusste es nicht. Es war ja nur ein Wassertropfen, oder?

Fasziniert starrte Minki auf den silbernen Stock, an dem der nächste Tropfen wuchs, ehe auch er ins Loch fiel. Er könnte es den ganzen Tag beobachten! Nur dieses ständige Platschen nervte ein wenig …

Den darauffolgenden fing er mit seiner Pfote auf und leckte ihn unbedacht ab.

Wieso schmeckte das Wasser so himmlisch? Das war ja fast schon gemein! Wenn er das nur öfter naschen könnt-

Konnte er doch.

Zufrieden aalte sich der Kater in das hohe Becken und parkte seine Schnauze direkt unter den silbernen Stock.

Er würde diese edlen Tropfen nicht verschwenden!

Minki und die Salzheringe

Manch einer hat sie schon mal zubereitet: Salzheringe. Fische, die mit Pellkartoffeln, Quark und Salat vorzüglich schmecken! Heutzutage erhält man die schuppigen Tiere ohne Probleme im Tiefkühlfach eines jeden Discounters.

Doch das war nicht immer so.

Vor allem nicht, wenn die Salzheringe die Delikatesse des Abends werden sollten. Dann musste es sich natürlich um die Besten handeln. Der starke Salzgeschmack muss ausgetrieben werden. Jedes Detail wird sorgfältig durchdacht …

So hatte sich Minkis Retter alles genaustens überlegt. Er war der Koch der Familie und lebte mit Frau und Tochter in einer großen Wohnung. Schon oft hatte er die Salzheringe vorbereitet, sodass er seine Methoden bereits perfektioniert hatte:

Spüle putzen. Stöpsel rein. Wasser rein. Fische rein. Ziehen lassen.

Zwei-, dreimal musste das kalte Nass gewechselt werden, damit die Tiere wahrhaftig köstlich auf der Zunge zergehen würden. Sie durften nicht zu viel Salz in sich tragen. Sonst könnte er sie im Anschluss nicht richtig würzen!

Doch dazu sollte es nie kommen.

Im letzten Moment fiel dem Zweibeiner auf, dass die Milch abgelaufen war und dass er besser neue holen sollte.

Damit bahnte sich das Unheil auf weißen Pfoten an.

Leise, obwohl eh keiner mehr da war, schlich sich Minki zur Küchentür. Er hatte beobachtet, wie die Menschen die Klinken betätigt hatten. Hatte sich die Bewegungen abgeguckt. Sie sich für den Notfall eingeprägt.

Für diesen Notfall.

Mit einem Satz öffnete er das Fressenzimmer und sog gierig die verschiedenen Gerüche auf. Düfte, die nie ganz verflogen.

Sie erzählten vom Abendessen. Säuselten durch seine Nüstern. Ließen ihn die Salami ausmachen. Den Kühlschrank.

Die Spüle.

Diese Fische dufteten so köstlich. Sie rochen wie der Himmel auf Erden – vorzüglich! Ein Geschenk des Allmächtigen. Sie wären gewiss ein Segen auf seiner Zunge! Seine Nüstern säuselten bereits jetzt schon von einer Geschmacksexplosion. Von einem Traum. Einem Schatz. Einem Wunder!

Es wäre eine schmackhafte Warnung an die Zweibeiner, die ihr Essen fortan hoffentlich zu teilen gedachten.

Elegant sprang Minki auf die Küchenanrichte und stolzierte zur Spüle. Ausgehungert schnupperte er noch einmal die Luft.

Dann stutzte er.

Was sollte er machen, wenn die Zweibeiner zurückkamen, während er am Fressen war? Sie würden ihn sicherlich stören. Sie könnten ihm seine wohl verdiente Beute nehmen.

Das durfte er nicht zulassen!

Neue Entschlossenheit machte sich in ihm breit, als er seinen Plan neu durchdachte. Minki hatte sich ja einen Rückzugsort auserkoren. Eine kleine Nische am anderen Ende der Wohnung. Dort war er bislang nur selten gestört worden. Dort ließen ihn die komischen Zweibeiner meist in Ruhe.

Dort musste er seine Beute verstecken!

Entschlossen packte Minki einen Fisch mit seinen Fängen und zerrte ihn aus dem elenden Nass. Ein ordentlicher Ruck und das tote Tier lag auf dem Küchenboden. Ein paar Sätze und sein Mittag verließ das Fressenzimmer.

Er schleppte es durch die Stube. Durch den Raum daneben. Weiter zu seiner kleinen Nische. Er freute sich! Auf dass er seine Beute genießen könne und-

Minki schluckte seinen Speichel ab und ließ erschrocken den Salzhering fallen. Er leckte sich die Lippen. Schüttelte sich.

Trat von dem geschuppten Tier zurück. Versuchte, seine Zunge auszuspucken. Diesen widerlichen Geschmack zu verbannen!

Was sollte das? Wieso schmeckte der Fisch plötzlich so unpässlich? Schlimmer noch als alles, was er je auf der Straße fressen musste! Und dabei war er doch schon direkt vor seinem Versteck …

Angewidert lief der Raubkater zurück in das Fressenzimmer. Er verstand es nicht. Es roch hier doch so wundervoll! Seine Nüstern vergötterten den Duft so liebevoll. Dieser Duft, der ihn den nächsten Fisch aus der Spüle zerren ließ. Und den nächsten. Und die letzten beiden …

Als Minkis Retter endlich wieder nach Hause kam, fand er das geplante Abendmahl auf dem Boden wieder – verteilt über vier Zimmer.

Daneben wartete ein jaulender Kater.

Wie konnte der Zweibeiner auch so herzlos mit den Gefühlen des unschuldigen kleinen Minkis spielen?

Minki und der Weihnachtsbaum

Es ereignete sich zu einer Zeit, in der Minki das erste Mal Schnee sah. Pardon. Für ihn waren es natürlich nur komische, weiße Krümel, die aus dem kalten Himmel segelten und die draußen das Fensterbrett bekleideten.

Der junge Kater starrte sie gebannt an. Er hatte noch keine Worte für diese Flocken. Sie sahen ein wenig wie Papier aus. Aber kleines Papier. Ganz kleine Fetzen. Oder eher Fäden? Wie die, die er aus den Kissen zog?

Wo sie nur herkamen?

Minki sprang fröstelnd vom Fenster weg und marschierte mauzend durch die Wohnung. Er hatte gehört, wie sein Retter vor einer Weile nach Hause gekommen war. Der Zweibeiner hatte dabei seltsame Geräusche gemacht. Als würde er etwas hinter sich her schleifen. Aber der Kater hatte sich nicht weiter darum gekümmert.

Er hatte es nur für Einkäufe gehalten.

Ein Blick in die warme Stube offenbarte jedoch eine andere Wahrheit.

Mitten im Zimmer stand ein Baum. Ein schiefer Baum. Ein Baum mit Nadeln statt Blättern. Seine Äste waren an der Spitze zusammengebunden. Seine Wurzeln fehlten. Als hätte man sie vergessen. Er wirkte irgendwie kränklich. Hager. Falsch.

Vorsichtig schob sich Minki unter den Tisch. Er beobachtete, wie die Frau seines Retters um den Baum lief und mit jedem Schritt neue Anweisungen gab.

Die anderen Zweibeiner gehorchten ihr ohne Widerworte. Sie schleppten Kisten und Tüten heran. Sie kramten glitzernde Ketten und Kugeln heraus. Sie hievten sogar den Baum von einer Ecke des Zimmers in die nächste.

Minki hatte noch nie einen wandernden Baum gesehen.

Es dauerte Stunden, ehe die alte Zweibeinerin Ruhe gab und alle das Zimmer verlassen durften. Mittlerweile meldete sich schon der Hunger in dem kleinen Kater. Allerdings wollte er nicht auffallen. Keiner hatte den kleinen Kater bislang bemerkt. Keiner hatte den kleinen Kater gesucht.

Keiner wusste, dass sich dies als Fehler entpuppen würde.

Vorsichtig schlich sich Minki an den Baum heran. Das Licht der Küche beleuchtete seine Äste und die daran hängenden Dinger.

Ja. Dinger. Denn der Kater hatte noch nie zuvor solche seltsamen Kugeln und Ketten gesehen. Vor allem die Kugeln! Sie erinnerten ihn an eine Fensterscheibe. Oder einen Spiegel? Ja! An einen Spiegel! Immerhin konnte er sich in den glatten Oberflächen erblicken.

Schnuppernd umrundete er den Baum.

Er roch nach Harz. Der Geruch schlängelte sich schweigsam um den Stamm. Er war jedoch nicht penetrant. Dafür bohrte sich der Gestank der grünen Nadeln nachdrücklich in Minkis Nase. Angewidert rümpfte er diese.

Widerlich!

Ein Teil von ihm wollte sich bereits davon schleichen. Nur fingen die bunten Kugeln und Ketten immer wieder seinen Blick auf. Die Ketten hatten vorhin einmal geleuchtet. Das war komisch gewesen. Sein Retter hatte eine Schnur in die Wand gesteckt und dann hatten sie den Raum in ein farbenfrohes Licht getränkt.

Wie das wohl von Nahem aussah?

Neugierig sprang Minki an den Stamm und kletterte den Baum hinauf. Vereinzelt stupste er einige der bunten Dinger mit seinen Pfoten an – die Kugeln drehten sich lustig, die Ketten wackelten. Hm. Das war ziemlich ernüchternd und-

Abrupt hielt der Kater inne. Er spannte sich an. Presste die

Ohren an den Kopf. Sein Schwanz peitschte stumm umher. Er starrte auf einen Zweig vor ihm. Einen dünnen Zweig.

Ein dünner Zweig, auf dem ein kleiner Vogel saß.

Seine Krallen massierten den Stamm. Er setzte zum Sprung an. Warf sich in die Lüfte-

-und riss den gesamten Baum inklusive des dekorativen Kunstvogels zu Boden.

Drei Stunden später waren nur noch vereinzelte Federn von diesem dekorativen Kunstvogel übrig. Ebenso wie von dem Großteil der Weihnachtskugeln, die lieber zerbrochen die Stube zierten.

Minki und das Geheule

Vieles musste der Kater bei seinen Zweibeinern ertragen:

Schiefe Stimmen, kratzige Schallplatten, heulende Radios …
Wenn er konnte, suchte er das Weite. Der Krach peinigte seine
Ohren einfach zu sehr. Wenn nicht …

Minki zuckte zusammen, als die Frau seines Retters ein Lied
anstimmte.

Qualvoller Krähengesang! Das war eine Pein. Eine Tortur!
Anders konnte man dieses Geheule nicht beschreiben!

Hastig floh der Kater ins Schlafzimmer. Er stemmte mit Kopf
und Vorderpfoten eine Lücke zwischen Matratze und Bettzeug
auf. Er musste sich unter die dicken Kissen flüchten. Dort sollte
es leiser sein. Dort sollte er verschont blei-

Er konnte es immer noch hören.

Nicht nur das, nun war da noch etwas anderes. Es wirkte
melodisch und schreiend zugleich. Pfeifend. Schrill!

Minki entkam ein flehendes Mauzen.

Womit hatte er das verdient? Konnte er nirgends seine Ruhe
haben? Er hatte eigentlich seinen dritten Mittagsschlaf beginnen
wollen. Er wurde mit jedem Tag älter und brauchte eine Pause!
Aber nein. Erst kam der nervige Besucher und nun der Lärm?
Das war reinste Belästigung! Was sollte er nur tun? Wie sollte
er nachts genug Energie haben, um an all den Türen zu kratzen,
wenn er kein Auge zubekäme?!

Er musste etwas unternehmen!

Voller Elan schob sich der Kater aus seinem Versteck. Er
quälte sich nach nebenan. Zu der Frau seines Retters und deren
Besucher. Ein Zweibeiner, der so einen glänzenden Stock an
den Mund hielt. Gut gelaunt wippte der Fuß des Fremden auf
und ab. Passend zu den quälenden Tönen, die Minkis Ohren
attackierten.

Der Kater ließ einen empörten Klageruf erklingen.

Keiner sah ihn an.

Natürlich. Es waren ja nur Krachmacher anwesend. Warum sollten sie schon auf ihn hören? Er war ja bloß eine kleine Fellkugel. Nicht der Rede wert!

Doch diese kleine Fellkugel hatte Krallen.

Erneut machte Minki sich bemerkbar. Er jaulte und warf der Frau seines Retters einen ungehaltenen Blick zu.

Sie schob ihn mit dem Fuß beiseite und krächzte weiter.

Das. War's.

Sofort verflog der gute Willen des Katers. *Er* hatte die Angelegenheit friedlich lösen wollen. Aber sie?

Beleidigt machte er auf dem Absatz kehrt und stolzierte in den Flur. Er brauchte nicht lange, um die Schuhe des Besuchers zu finden. Es waren die einzigen, die ungeschützt herumlagen. Nun gut. Dann sollte er sich erst recht nicht beschweren. Er hätte ja auch aufhören können!

Genüsslich stellte sich Minki über die Fußbekleidung und ließ es regnen. Nicht viel. Das wäre zu offensichtlich. Es war eher eine penetrante Markierung. Ein Zeichen, das er das Geheule nicht guthieß und das der Zweibeiner mit dem jaulenden Stock nicht zurückzukommen brauche.

Er wäre unerwünscht.

Von milder Vorfreude gepackt, verkroch sich der Kater unter einem nahe stehenden Hocker. So musste er zwar seine Ohren weiter peinigen, jedoch hatte er einen perfekten Platz in der ersten Reihe, als der Zweibeiner bald darauf in den Flur trat und sich die Nase zuhielt. Nun war er derjenige, der aufjaulte. In dieser ulkigen Zweibeinersprache! Er packte seinen Stock ein. Zog sich an. Meckerte weiter.

Die Frau seines Retters blieb beschwichtigend. Sie redete auf den Besucher ein. Wies zur Küche. Dann auf das tickende Ding an der Wand.

Der andere Zweibeiner schüttelte den Kopf. Immer noch schimpfend eilte er hinaus.

Minki rollte sich schnurrend unter dem Hocker zusammen.

Bestimmt würde er sich vorerst nicht wieder hier blicken lassen.

Minki und die Strumpfhosen

Es ist noch nicht allzu lange her, da trugen Zweibeinerinnen eine dünne Haut über ihren Beinen. Diese war transparent. Mit einer sanften oder gar kräftigeren Tönung. Sie bestand aus ganz feinen Maschen. Meist konnte man diese kleinen Löcher sogar mit dem bloßen Auge erkennen!

Alles in allem war es eine Haut, die sich keineswegs für einen Katzenhaushalt eignete.

Besonders wenn der dort wohnhafte Kater unzufrieden mit seinem verspäteten Frühstück war.

Minki hatte aus seinem Salzheringdiebstahl gelernt. Er hatte verstanden, dass nicht alles so lecker war, wie es erscheinen wollte. Deswegen forderte er nun sein Fressen mit einer verstärkten Frequenz von den Zweibeinern ein. Er wusste ja nicht, wann sie auf die Idee kämen, etwas so Widerliches erneut zu besorgen!

Allerdings war sein Retter häufig nachts arbeiten und kehrte erst am späten Morgen zurück. Und so erschien es Minki nur fair, wenn er sein Mahl auch von den anderen Zweibeinern verlangte!

Die Jüngere war ihm dabei zu suspekt. Wie sie durch die Wohnung sprang ... Manchmal rollte sie plötzlich durch den Flur – mit ausgestreckten Händen und Füßen! Was für eine Zumutung es doch war, wenn er an ihr vorbei musste. Dabei durfte er sich als einziges so dermaßen wirr aufführen!

Die Ältere war ... anders.

Diese Zweibeinerin lief zügig ebenso wie unachtsam durch die Wohnung. Sie warf ihn aus den Zimmern und sperrte diese danach noch ab! Sie scheuchte ihn von Betten. Vom Sofa ...

Allerdings war sie auch häufiger in der Küche. Sie bereitete „Stullen" für sich und die Andere zu. Schnitt die Wurst auf.

Nur gab sie Minki nichts ab.

Das musste sich ändern!

Immer wieder versuchte er, ihre Aufmerksamkeit zu erhaschen. Er versuchte es mit Mauzen. Er versuchte es mit Schnurren. Mit Schmieren. Sogar seinen Bauch präsentierte er dieser eingebildeten Zweibeinerin!

Nur war er ihr nicht gut genug. Immerzu meinte sie, dass er schon noch etwas bekäme. Dass er nicht verhungern würde. Dass sich ihr Mann später um ihn kümmern würde. Dass er sich gedulden müsse.

Und verstand Minkis Problem einfach nicht.

Ja. Sein Retter würde ihn füttern. Ja, es wäre bestimmt ein angemessenes Frühstück. Und ja, er würde die Zeit bis dahin überstehen … Jedoch widersprach das seinem Plan.

Minki wollte doch zweimal Frühstück bekommen!

Also musste er ihr eine Lektion erteilen. Er musste sich bemerkbar machen – auf eine Art und Weise, die diese Zweibeinerin nicht ignorieren konnte. Sie sollte ihm lieber etwas abgeben und sich mehr mit ihm beschäftigen wollen! Sie sollte nicht so hastig umherrennen, nur um ihn dann in dieser riesigen Wohnung allein zu lassen … Sie sollte ihn vergöttern!

Also lauerte er ihr auf.

Winzig klein rollte Minki sich unter dem Schuhregal zusammen und wartete. Er beobachtete, wie die Jüngere vorbei hüpfte. Wie sie nach nebenan verschwand. Wie sich die Ältere näherte. Wie sie in den Flur trat und-

Schon sprang er heraus. Mit ausgefahrenen Krallen blieb er an dieser künstlichen zweiten Haut hängen und hinterließ sechs Furchen. Tief genug, um den Stoff zu durchtrennen – flach genug, um diese Felllose nicht zu verletzen. Es war ein Zeichen. Ein Zeichen, das diese Zweibeinerin hoffentlich zu verstehen wusste!

Denn von nun an würde er sich jeden Morgen in ihrem zweiten Fell verewigen, wenn sie ihm keine Opfergabe darbot! Er würde hartnäckig bleiben – bis er sein zweites Frühstück bekäme. Komme, was wolle!

Nur konnte sie genauso stur sein. Und die Kosten für die Strumpfhosenreparaturen durfte sein Retter tragen. Der arme Mann, der doch nach seiner Nachtschicht nur etwas schlafen wollte. Und zu dem sich Minki jeden Morgen schnurrend ins Bett legte.

Immerhin ließ ihn dieser Zweibeiner nicht hungern!

Minki und das perfekte Versteck

In der Wohnung der Zweibeiner gab es viele Lücken und Winkel, in die die Felllosen nicht hineinpassten. Es waren ruhige Orte, friedliche Nischen ... zumindest für den Großteil der Zeit. Einige waren im Winter schön warm und kuschelig und aus anderen jagte ihn die Frau seines Retters immer wieder heraus, ehe sie die Wohnung verließ.

Also machte Minki es sich bald zur Aufgabe, das perfekte Versteck zu finden.

Es musste klein sein. Aber groß genug, damit er bequem hineinpasste. Es musste leicht zugänglich für ihn sein. Aber es durfte keine Störungen der Zweibeiner zulassen. Es musste ihn nach möglichen Mahlzeiten lauschen lassen können. Aber es durfte auf keinen Fall die nervigen Stimmen, irgendwelchen Krach oder gar die Straßengeräusche auffangen!

Und am wichtigsten: Er durfte dort nie gefunden werden.

Denn jeden Tag, ehe die Frau seines Retters verschwand, suchte sie ihn. Sie suchte ihn so lange, bis sie ihn fand. Und dann? Dann besaß sie jedes Mal die Frechheit, ihn aus seinem wohlverdienten Ruheort zu vertreiben!

Das erste Mal hatte sie ihn vom Bett runtergeworfen. Beim zweiten Mal von der Couch. Beim dritten Mal hatte sie ihn aus der Lücke zwischen Sessel und Heizung gefischt. Beim vierten Mal aus einem halbgeöffneten eckigen Baum, in dem zottelige Decken lagen ...

So zog sich ihr bösartiges Spiel in die Länge und Minki bemerkte schnell, dass sie all die Orte, die er mochte, mit einem albernen Katzenverbot ausstattete. Einem Katzenverbot! Nur für ihn!

Das konnte er nicht hinnehmen.

Also sah Minki sich gezielt nach Plätzen um, die sie schon

länger nicht mehr aufgesucht hatte. Er suchte nach Anzeichen von Staub, der jedoch so stark in seiner Nase juckte, dass er die meisten Möglichkeiten sofort wieder verwarf. Er verkroch sich auf den eckigen Bäumen, in der Hoffnung, dass sie ihn dort oben übersehen würde. Er blieb wie ein Plüschtier zwischen jenen der jüngeren Zweibeinerin sitzen!

Aber letzten Endes war kein Versteck von Dauer. Sie fand ihn immer. Mal früher, mal später. Mal lachend, mal fluchend. Doch immerzu fand sie ihn.

Bis er auf die beste Idee seines Lebens kam.

Minki hatte ja bereits bemerkt, dass die Zweibeiner *abziehbares* Fell trugen. Es war struppig. Nicht so gemütlich und flauschig wie seines. Aber es war immer noch akzeptabel und in größeren Mengen ein wahrhaftiges Schnurrparadies!

Diese abziehbaren Felle wurden in einem Korb gesammelt. Es war ein großer, weißer Korb. Mit einem Deckel. Dort wurden die Felle hineingeworfen und alle paar Tage – wenn der Inhalt sich zum Rand wölbte – nahmen die Zweibeiner es hinaus und packten es in die Donnertrommel.

Ein schreckliches Gerät. Minki hasste es. Es machte Krach. Es machte dieses abziehbare Fell nass. Es roch doof. Und nie konnte er es sich von innen ansehen, da die Felllosen es stets verschlossen!

Nicht aber den Korb.

Der Korb besaß einzig diesen lockeren Deckel. Einen leichten Deckel. Einen Deckel, den er mit seinem Köpfchen beiseiteschieben konnte. Einen Deckel, unter dem sich Minki verstecken konnte.

Es war sein Paradies.

Bestimmt hätte es noch bessere Orte gegeben, in denen sich der Kater schnurrend niederlassen konnte. Aber dieser hier war besonders. Alle Geräusche, bis auf das Singen von Besteck auf

Geschirr, kamen nur gedämpft bei ihm an. Er konnte sich unter den abziehbaren Fellen einkuscheln. Es war warm. Es war dunkel. Es roch nach seinem Retter. Er hatte seine Ruhe. Und selbst wenn die junge Zweibeinerin noch zügig etwas oben rauf warf – so sah sie ihn nicht.

Und die Frau seines Retters suchte über die nächsten Tage und Wochen vergeblich nach ihm. Über Stunden rannte sie durch die Zimmer, während Minki schadenfroh ihren Schritten lauschte. Während er sein perfektes Versteck genoss.

Sie hätte ihm einfach das Bett zugestehen sollen.

Minki und die warmen Tage

Die kalten Tage kümmerten Minki nicht, solange er sich in der Wohnung der Zweibeiner zusammenrollen konnte. Es waren vergängliche Tage. Mit kürzeren Sonnenzeiten. Mit längeren Nächten. Mit einem gelegentlichen Windzug, wenn er vor dem falschen Fenster lag …

Drinnen blieb es meist warm und kuschelig. Er bekam seine Mahlzeiten – wenn auch weniger, als er sich wünschte – und die Zweibeiner hatten mittlerweile sogar verstanden, wann sie ihn streicheln durften!

Die kalten Tage kümmerten ihn nicht …

Dafür aber die warmen.

Denn an warmen Tagen wurde sein Jagdinstinkt geweckt. Er wollte spielen. Er wollte toben. Er wollte frei sein! Ach, wie sehr sehnte Minki sich nach ein paar Bäumen oder gar einer Möglichkeit, umher zu rennen. Er wollte mit seinen Ballen über den Boden fliegen. Seine Krallen in die Erde fahren. Vielleicht ein kleines Tier zu erlegen. Sich auf dem Rasen zu aalen … Wenn er doch nur die Stille der Wohnung gegen die Gesänge der Natur eintauschen könnte!

Sein Retter verstand ihn.

Nun ja, anfangs war es nicht sonderlich ersichtlich gewesen. Als der Zweibeiner mit diesem grässlichen Korb ankam – dasselbe Gefängnis, in das er Minki immerzu sperrte, wenn sie zu den Kittelleuten fuhren. Der Kater befürchtete schon das Schlimmste. Er wollte nicht wieder untersucht werden! Bei den Kittelleuten stank es immer so abartig. Und sie besaßen die absurde Frechheit, ihn zu wiegen! *Ihn*!

Doch stattdessen ging es – mit der Familie seines Retters und ganz viel Gepäck – ins Paradies.

Es war ein Garten. Was für ein himmlischer Fleck Erde! Ein

grüner, eingezäunter Ort mit zwei Gebäuden, einer viel zu großen Badewanne und ganz vielen Bäumen! Dort war kein Lärm der Stadt zu hören. Dort wuchsen überall Pflanzen. Dort schwirrten Tiere umher. Insekten. Vögel. Durch die Äste huschte ein rotes Geschöpf, das viel zu schnell wieder verschwand-

Minki war sprachlos. Er war fassungslos. Er war überwältigt.

Aufgeregt jaulte er seinen Retter an, bis dieser endlich den verfluchten Korb öffnete. Er beachtete den Zweibeiner kaum, der sich um das Gepäck kümmerte. Seine Aufmerksamkeit galt dem Gefieder hinter den Zäunen. Dann einem gelb-schwarz gestreiften Insekt. Dann einem entfernten Bellen.

Erschrocken rannte Minki in ein Gebüsch. Der kühle Schatten umarmte ihn so liebevoll! Er genoss das Gefühl. Eilig sprang der Kater an den Stamm eines Baumes und kletterte hinauf. Von dort aus beobachtete er die Zweibeiner. Dann nahm er Anlauf. Flog auf das Dach der einen Hütte. Sah, wie groß die im Boden eingelassene Badewanne war. Wandte sich ab.

Es gab so viel zu erforschen. Zu erkunden. Zu entdecken!

Diese warmen Tage waren ein Segen. Das erste Mal seit Monaten konnte Minki sich sein Essen selbst fangen. Und was das für Leckerbissen waren! Adieu, weggeworfenes Essen, mit dem er sich vor seiner Rettung begnügen musste. Adieu, Katzenfutter, das immer denselben Beigeschmack trug. Ja! Selbst adieu, erbettelte Leckerlies, die er manchmal bekam!

Nein. Die Tiere, die der Kater sich hier fangen würde, wären köstlicher. Sie würden nach Freiheit schmecken. Nach zartem Fleisch. Saftig. Einmalig.

Minki wollte für immer in diesem Paradies verharren.

***

Gurrend aalte sich Minki im Schatten der Bäume. Hier schien die Sonne nur vereinzelt durch das Blätterdach und kitzelte so Teile seines Pelzes. Für seine weißen Tupfer war es ein angenehmer Segen, aber für sein sonst eher schwarzes Kleid blieb die Angelegenheit brenzlig.

Der Schrei eines Vogels schlich sich durch seine Gedanken. Ein unangenehmes Geräusch, das nicht enden wollte. Genervt öffnete er ein Auge und starrte auf das Flattervieh hinter dem nächsten Zaun.

Warum wollte es ihm seinen wohlverdienten Schlaf rauben? Minki hatte die ganze Nacht über Mäuse gejagt und fühlte sich noch so träge. Sein Bauch fühlte sich dreimal so dick an wie sonst! Deswegen hatte er das letzte Nagetier auch gar nicht mehr geschafft. Er hatte sie dort hinten liegen lassen. Dort, wo nun dieser Vogel keine Ruhe geben wollte!

Minki fuhr die Krallen aus und streckte sich. Er schüttelte die Erde von seinem Pelz. Diese trockenen Krümel, die die Kühle des Schattens in sich trugen. Die er in der Wohnung der Zweibeiner nirgends gefunden hätte. Die einen so vollen, beruhigen Duft verströmten.

Missmutig beobachtete er, wie der Vogel schon wieder seinen Schnabel öffnete. Er kreischte abermals. Ein anstrengendes Geschrei, das Minki nicht mehr hören konnte! Das ihn seine nächste Beute wählen ließ.

Wen kümmerte es schon, dass dieser Federball etwas größer war? Er war nur ein weiterer Snack! Minki würde dann eben dafür sorgen, dass die anderen Tiere mehr Respekt vor ihm hatten. Niemand hatte das Recht, ihm seinen Schönheitsschlaf zu rauben!

Entschlossen pirschte er sich näher heran. Er schlüpfte durch das Loch des Zaunes, der ihn von dem nervigen Wesen trennte. Das Loch, das er erst nachts zuvor entdeckt hatte. Er schlich durch Gräser und Büsche. Nichts konnte ihn davon abhalten, sich vor dem Flattervieh zu behaupten. Es zu erlegen. Es-

Das Wasser lief Minki im Mund zusammen. Aufgeregt fuhr er die Krallen aus. Er spürte, wie sie in die Erde sanken. Wie sein Körper bereits lossprinten wollte. Wie er sich dennoch zurückhielt. Zusammenriss.

Er musste sich den perfekten Moment abpassen. Wenn der Flatterkreischer den Kater zu früh bemerkte, würde er sich in die Lüfte schwingen und dann könnte Minki auch gleich aufgeben! Also musste er sich wirklich sicher sein. Der Vogel durfte ihn auf keinen Fall sehen. Er durfte ihn nicht einmal bemer-

Das Federtier wandte sich um. Starrte in den Himmel. In die entgegengesetzte Richtung.

Das war seine Chance!

Sofort stieß der Kater sich vom Boden ab. Er schoss nach vorn. Sprang, nein, flog direkt auf dieses kreischende Tier zu! Er konnte es schon in seinem Maul schmecken. Spürte, wie seine Krallen sich in das Fleisch des Vogels bohrten. Wie sein Maul sich in dem Nacken des Tieres verbiss-

Und dann ging alles schief.

Minki mochte ein guter Jäger gewesen sein – damals, als er noch auf der Straße lebte. Er hatte seine Beute mit Bedacht gewählt, erlegt und eilig verspeist. Aber die Zeit bei den Menschen ließ ihn auch träge werden. Klar, ein paar Mäuse ließen sich noch erwischen. Doch alles darüber hinaus? Nachdem er so viel Zeit in einer Wohnung verbracht hatte, in der ihm jedes Essen serviert wurde? In der es keinen seiner Art gab?

In der er nie erwogen hätte, sich mit anderen zu verbrüdern?

Ganz anders als ein gewisser Vogel unter seinen Krallen.

Dieser war in der Wildnis aufgewachsen. In einer kleinen

Gemeinschaft. Mit anderen Flatterfreunden. Immerzu darauf bedacht, gemeinsam zu überleben. Deswegen hatte er ja seine Artgenossen gerufen, um die tote Maus zu teilen. Deswegen hatte er im Himmel nach ihnen Ausschau gehalten.

Deswegen stießen sich die anderen Vögel nun auf den ahnungslosen Minki herab.

Wütend schlugen sie mit ihren Schnäbeln auf ihn ein. Mit jedem Augenblick wurden es mehr. Ein Meer aus schwarzen Flügeln ergoss sich über den Kater, sodass dieser erschrocken die Flucht ergreifen musste. Er jaulte. Eilte fort!

Und immer noch verfolgten ihn die Viecher.

Ängstlich rannte der Kater durch das Loch im Zaun. Dennoch schnellten immer wieder die Schnäbel und Klauen der Flatterviecher auf ihn herab! Also schlug er Haken. Er lief schneller. Schlüpfte in einen Busch, um zu verschnaufen – nur preschten sie sofort hinterher.

Nein. Nein. Nein! Das konnte nicht sein! Das musste ein Alptraum sein! Genau … Wie sonst könnte er diesen Horror erklären? Diese Viecher waren aus dem Nichts gekommen! Ja. Bestimmt lag er noch unter seinem Baum und schlummerte vor sich hin!

Allerdings erzählte sein verwundeter Rücken eine andere Geschichte.

Der Instinkt überkam Minki. Er musste an seinen Retter denken. An den Zweibeiner, der ihn immerzu gefüttert, ihn aufgenommen hatte. Er hatte sich nie zu weit von dem Garten entfernt, in dem sein Retter ihn freigelassen hatte. Er musste dorthin zurück. Er musste dort Schutz suchen! Denn sein Retter würde ihn gewiss nicht im Stich lassen …

Hastig erklomm er einen Baum. Sprang über eine der höheren Mauern. Lief immer schneller. Nun mit einem klaren Ziel vor Augen. Einem Ziel, das ihm Hoffnung schenkte. Bei dem er sich geborgen fühlte.

Schlitternd landete er in der großen Hütte seines Retters. Es sah aus, wie eine kleinere Version der Zweibeinerwohnung. Doch konnte sich Minki nicht auf die Einzelheiten fokussieren. Stattdessen huschten seine Augen über die Möbel.

Dort!

Erleichtert fand er einen eckigen Baum, der dieselben Türen hatte, wie der von daheim. Türen mit kleinen Laschen, die er öffnen konnte. Die er hinter sich zuzuziehen wusste.

Etwas, was er augenblicklich tat.

Minki lauschte den Vögeln und wie sie hineinströmten. Er lauschte ihrem Geschrei. Machte sich klein. Blieb ganz still. Wagte es nicht, hinaus zu spähen.

Und dann erklang die Stimme seines Retters. Der Kater vernahm einen wütenden Tonfall. Er hörte, wie die kreischenden Flatterviecher das Weite suchten. Wie sie von ihm abließen. Fortflatterten.

Erleichtert sackte Minki in sich zusammen. Ein Zittern fuhr durch seine Glieder. Er rollte sich noch enger ein.

Und schloss die Augen, um dem Alptraum zu entkommen.

***

Minki harrte einen ganzen Tag in seinem Versteck aus, ehe er sich wieder hinaus traute. Von da an gab er sich besonnener. Vorsichtiger. Er vermied es, anderen Vögeln zu begegnen. Stets behielt er den Himmel im Blick. Er bedachte ihn argwöhnisch. Peilte die Lage immer mehrfach ab.

Obwohl er die Natur wieder zu genießen gelernt hatte, so wollte er nie wieder der Gejagte sein. Es war eine Zumutung, die sich nicht wiederholen musste. Stattdessen wollte er dieses Paradies mit all seinen Wundern genießen. Er wollte im

Schatten der Bäume schnurren. Er wollte sich in der Sonne aalen. Er wollte frei sein!

Frei von seinen Ängsten.

Frei von den Zweibeinern.

Frei in der Idylle, die ihn so bereitwillig empfing!

Seufzend ließ Minki sich auf einem Fleck Erde nieder und genoss die Kühle. Er war nicht weit von dem Garten seines Retters entfernt. Der Kater hatte sich eingeredet, dass er die Stimme des Felllosen vermisste. Jedoch fühlte er sich besser, wenn er sich notfalls jederzeit in dessen Hütte flüchten konnte.

Zufrieden leckte er seine Pfoten, die noch nach Blut rochen. Er hatte sich hier draußen ausschließlich von Mäusen ernährt und sie bis aufs letzte Schnurrhaar verschlungen. Damit ging er sicher, dass diese Federkreischer nicht wieder seine Beute anpeilten und auf ihn aufmerksam wurden.

Nein. Danke.

Die Nagetiere waren zwar nicht sehr abwechslungsreich, aber sie füllten seinen Magen. Und davor waren sie so lustige Spielzeuge! Eine amüsante Beschäftigung zwischen den trägen Nickerchen …

Schnurrend spürte Minki, wie die Sonne hinter einer Wolke hervor schielte und endlich wieder sein schwarzes Fell wärmte.

In den letzten Tagen war sie immer seltener raus gekommen. Die Nächte schienen länger zu werden. Frischer. Und den einen Tag hatte es sogar geregnet!

Der Kater schüttelte sich, als die Erinnerung zurückkehrte.

Dieses Wetter passte überhaupt nicht zum Paradies! Der Schauer hatte Minki eiskalt überrascht und so hatte er sich in einem Gebüsch zusammenrollen müssen! Und dann war noch der Wind durch die Blätter gefahren! Er hatte das Fell des Katers in alle Richtungen geblasen. Aber das durchsickernde Nass war am schlimmsten gewesen … Eklig fröstelnd war es auf ihn herabgetropft. Es hatte sein Fell durchnässt. Ihn frieren lassen!

Erst am nächsten Morgen war das Gewitter verschwunden. Minki war so erleichtert, dass es seither nicht zurückgekehrt war. Immerhin wusste der Kater immer noch nicht, wo er sich beim nächsten Mal verstecken solle.

Denn das lächerliche Gebüsch könnte er vergessen!

Klar, er konnte sich zu seinem Retter flüchten. Aber wollte er sich wie ein Verlierer bei dem Zweibeiner zusammenkauern? Minki hatte bereits so ein Glück gehabt, dass dieser ihn beim letzten Mal nicht gesehen hatte. Noch einmal stünde Fortuna nicht so gnädig hinter ihm … Außerdem war der Kater ja ein Wesen der Natur. Dieses Paradies war sein Heim! Es musste also irgendein Versteck für ihn geben! Eines, mit dem er sich nicht mit Schande überhäufen würde … Er brauchte nur einen Notfallplan, der ihm Sicherheit verschaffte. Sicherheit und Selbstständigkeit!

Genau. Das war es. Er brauchte einen eigenen Unterschlupf. Etwas mit einem festen Dach über dem Kopf. Stabile Wände. Und wenn er schon dabei war, so musste es ihn auch vor einem erneuten Vogelangriff beschützen können! Es musste-

Minki brach mitten in seinen Gedanken ab. Sein Maul hatte sich mit Wasser gefüllt. Neugierig schnupperte er. Nahm ihn wahr. Diesen Geruch. Diesen lieblichen Duft von vorbereitetem Essen. Es roch wie der Himmel auf Erden. Der Himmel ohne diese fliegenden Schreckschrauben. Der Himmel gefüllt mit Köstlichkeiten!

Schnurrend erhob sich der Kater und sog gierig die Luft ein. Das Essen musste sich irgendwo bei seinem Retter befinden. Wahrscheinlich auf oder hinter dessen Garten. Es duftete, wie für Minki gemacht. Es erinnerte ihn an die Speisen, die die Zweibeiner sonst aßen. Die er sonst nur betrachten konnte. Die sie viel zu selten mit ihm teilten.

Die er am liebsten stehlen wollte.

Schlendernd machte Minki sich auf den Weg. Er sprang über zwei Zäune und zwängte sich durch eine Hecke. Er konnte schon die gackernden Nicht-Fliege-Federviecher hören, denen er vor einigen Tagen begegnet war. Es waren eingezäunte Tiere aus einem anderen Garten, die ihn nicht weiter kümmerten. Immerhin blieben sie hinter diesem Gitter unter sich – Minki kam nicht zu ihnen herein, sie nicht zu ihm heraus.

Still schlich er sich näher. Folgte dem Duft, der von nichts anderem verdeckt werden konnte. Er konnte nun seinen Retter und die anderen Zweibeiner ausmachen. Sie trugen so viele Sachen umher. Taschen, Kartons, Tüten … und seinen Korb.

Letzterer war leer. Die jüngere Zweibeinerin hatte ihn offen auf dem Rasen abgestellt. Mitten in der Sonne! Dachte sie etwa, dass er hineinspringen würde? Warum sollte er das tun? Wie einfältig war dieses Balg?

Der Kater beobachtete, wie die Felllosen alle in einer Hütte verschwanden, ehe er den Geruch wieder aufnahm und über den Rasen flitzte. Er verfolgte ihn zu der zweiten Hütte. Zu diesem Schuppen, dessen Tür verschlossen war.

Nicht aber das winzige Fenster, aus dem der Duft emporstieg.

Minki konnte sein Glück kaum fassen! Aufgeregt peilte er die Lücke an, ehe er hochsprang und-

-einen dünnen Ast mit in das Gebäude riss. Hinter ihm flog das Klappfenster scheppernd zu.

Erschrocken zuckte er zusammen. Starrte auf den Ast. Starrte auf seine Umgebung. Auf diesen leckeren Fisch vor ihm. Auf den versperrten Fluchtweg.

Hätte Minki zuvor nicht in der Wohnung seines Retters gelebt, so hätte er nun sicherlich Panik bekommen. Er wäre im Dreieck gesprungen. Hätte nach einem weiteren Ausgang gesucht. Hätte alle Werkzeuge aus den Regalen gerissen. Er hätte ein riesiges Chaos veranstaltet!

Aber so, wie die Dinge lagen, war ihm ein beengter Raum nicht unbekannt. Außerdem wartete bereits sein Essen auf ihn. Daneben eine Wasserschale. Und sogar seine Lieblingsdecke! Was für ein kuscheliger Ort …

Hatte er sich nicht eben noch einen sicheren Unterschlupf suchen wollen? Selbst der Geruch der Zweibeiner hatte etwas Heimisches. Außerdem besaß das Dach keine Löcher. Die Wände erschienen ihm stabiler als manch ein Zaun da draußen! So konnten ihn weder Wind noch Wetter etwas anhaben! Und sein Retter konnte Minki kaum als Feigling bezeichnen, wenn er ihn hier drinnen nicht fand!

Zufrieden stolzierte der Kater zu dem wartenden Fisch und biss in das warme Fleisch. Schnurrend genoss er jeden Bissen. Er schleckte sich die Schnute. Trank nach Herzenslaune aus der Wasserschale. Ach, wie schön kühl es doch war! Da konnte er sich anschließend nur auf seiner Decke zusammenrollen …

Als sein Retter einige Stunden später zu ihm kam, glaubte Minki, zu träumen. Erst nachdem der Zweibeiner den Kater einige Male gestreichelt hatte, wurde ihm das Gegenteil bewusst.

Sein erster Instinkt war, wegzurennen.

In den Garten.

In die Freiheit!

Doch hatte ihn sein Retter bereits in den Korb verfrachtet. Die Klappe war zu. Die Freiheit fort. Alles Jaulen und Fauchen half nichts. Er steckte fest.

Allerdings schluckte Minki jegliche Proteste wieder hinunter, als der Zweibeiner ihn nach draußen trug.

Denn draußen regnete es.

Es gewitterte.

Es blitzte und donnerte.

Ängstlich kauerte sich der Kater zusammen.

Dieses Unwetter war um ein Vielfaches schlimmer als das letzte. Wie konnte sich der Himmel nur so verdüstern? Es war doch gar nicht Nacht! Und wie konnten nur so viele Blätter durch die Luft wehen? Da fielen ja sogar einige größere Äste von den Bäumen!

Es war zum Fürchten …

Erschrocken blickte Minki zu seinem Retter hoch. Sein Retter, der ihn sicher durch den Sturm trug. Sein Retter, der ihn schützend zu den anderen Zweibeinern brachte. Sein Retter, der ihn nach all diesen wunderbaren warmen Tagen zurück nach Hause fuhr.

Minki und die endlosen Stufen

Er hechelte.

Wer Minki kannte, wusste, dass er das nicht oft tat. Nur blieb ihm derzeit nichts anderes übrig. Er musste diese endlosen Steine schnellstmöglich erklimmen! Die junge Zweibeinerin war ihm dicht auf den Fersen. Wenn er sich nicht beeilen würde, würde sie ihn packen und an sich drücken und-

Hastig flüchtete er sich um die nächste Kurve und schlitterte dabei mit den Hintern gegen die Wand. Aber zum Meckern blieb keine Zeit: Immer weiter. Immer höher. Oben wäre er in Sicherheit. Da war die Wohnung seines Retters. Seine Verstecke! Sicherlich wäre die Tür schon aufgesperrt! Alles andere wäre nicht akzeptabel.

Minki musste nur hinauf eilen.

Während ihn die Zweibeinerin verfolgte. Zügig setzte sie ihm hinterher. Dass sie auch nicht langsamer wurde. Waren alle Felllosen so schnell-

Draußen donnerte das Gewitter.

Von neuer Hast erfüllt, sprang der Kater nun weiter. Er wollte schneller oben sein. Schneller dem Unwetter entkommen, dass doch eh nicht in das Gebäude konnte. Er dachte an sein perfektes Versteck. An das leckere Essen. An seinen Retter, der ihn auch durch den Sturm zum Auto getragen hatte.

Minki durfte nicht schlappmachen!

Hinter ihm machte nun auch die Zweibeinerin so komische Geräusche und eilig nahm der Kater diesmal drei Stufen auf einmal. Sein Puls raste. Sein Herzschlag hallte in seinen spitzen Ohren wider. Sein Schwanz hatte sich aufgeplustert.

Lange könnte er das nicht mehr durchhalten! Nahmen die Steine denn überhaupt kein Ende? Mittlerweile musste er doch sicherlich-

DA!

Erleichtert erkannte Minki eine offene Tür hinter den nächsten Stufen und mit Karacho sprang er hinein. Hier war er in Sicherheit. Hier hätte er seine Ruhe. Hier konnte er sich verstecken und dem Gewitter trotzen! Denn hier-

Moment.

Minki drehte sich blinzelnd um.

Wieso sah sein Reich so anders aus? Und warum roch es so eigenartig? Irgendwie dreckig. Irgendwie … Ja. Irgendwie fühlte es sich fremd an. So, als wäre es nicht mehr sein Zuhause! Aber wie war das möglich? Oder war er nur zu lange fort gewesen? Er glaubte, Ähnlichkeiten zu der Wohnung seines Retters zu entdecken, nur fielen diese viel zu minimalistisch aus. Wie lachhaft!

Etwas knurrte und erschrocken schaute Minki in die Stube.

Ein Hund stand vor ihm. Ein länglicher, brauner Hund mit gefletschten Zähnen. Und ein fremder Zweibeiner. Letzterer rief ihm irgendetwas entgegen, während das Tier sich bereits auf Minki stürzte. Es bellte lauter, als jeder Knall. Als jeder Donner. Als jede Furcht.

Abrupt wandte sich der Kater ab. Er flüchtete sich die restlichen Steine hinauf. Nur am Rande bekam er mit, wie die junge Zweibeinerin ihm folgte. Sie gab nun andere Geräusche von sich. Wohltuende Geräusche. Doch vermochten sie nicht Minkis Schwanz zu glätten.

Dieser war beinahe viermal so dick wie sonst.

Eine Treppe später erblickte der Kater eine weitere offene Tür. In dieser stand sein Retter. Sofort wurde ihm bewusst, dass er diese Pforte kannte. Dies war der Eintritt in Minkis Königreich. Dies war sein Heim. Und dieses Reich wartete bereits wohlwollend auf ihn.

Zitternd sprang er hinein und flüchtete sich sofort in sein

perfektes Versteck.

Für diesen Tag hatte der Kater genug erlebt. Für diesen Tag würde er sich nicht nur vor dem Gewitter verstecken. Für diesen Tag würde er sich nicht mehr hinauswagen.

Für diesen Tag würde er seinen Schwanz putzen und hoffen, dass dieser wieder schrumpfte.

Und dass der Schreck ihm nicht allzu viele Jahre geraubt hätte.

Minki und das Glöckchen

Minki spürte, dass etwas im Busch war, sobald die Tür aufging. Diese Zweibeinerin ... Die Tochter seines Retters kam so leise auf ihn zu. So vorsichtig. So zögerlich?

Es behagte ihm nicht.

Langsam hob der Kater den Kopf und betrachtete die Felllose warnend. Egal, was sie vorhatte, sie sollte es zügig überdenken! Er würde sich nicht wie ein Spielzeug von ihr jagen lassen. Sollte sie sich doch eine andere Beschäftigung suchen. *Er* wollte seine Ruhe.

Ein Lächeln legte sich auf ihre Züge. Es wirkte so zart. So zerbrechlich! Wenn er die Zweibeinerin nicht besser kennen würde, hätte er diese Mimik als Olivenzweig angenommen. Er hätte sie wie eine tote Maus gewertet, die ihm entschuldigend dargeboten wurde.

Aber Zweibeiner fingen keine Mäuse.

Sie mauzte in ihrer komischen Sprache und hielt ihm dann etwas hin. Ein ... Was war das? Es war lang und dünn und aus irgendeinem Stoff gefertigt. Kleine Ösen waren daran befestigt. Die meisten wirkten wie nettes Beiwerk. Bloße Zierde. Doch an einer baumelte so ein rundes, glänzendes Ding, das ihm irgendwie bekannt vorkam.

Irritiert schnupperte Minki daran und stupste es versehentlich mit der Nase an.

Es war kalt.

Erneut mauzte die Felllose etwas und strich über seinen Rücken. Normalerweise hätte der Kater diese Berührung nicht gestattet, allerdings ... Sein Interesse war von dem komischen runden Gegenstand geweckt worden. Er wollte es genauer untersuchen. Genauer erkunden. Genauer-

Er stieß es mit der Pfote an und es klingelte leise.

Huh?

Neugierig begutachtete er die glänzende Kugel von der Seite. Er schnupperte am Band. Sog fremde Gerüche auf. Konnte Futter ausmachen. Heu. Und Stroh. Merkwürdig. Das hatten sie gar nicht in der Wohnung. War das Ding neu?

Seine Ohren richteten sich auf den neuen Gegenstand. Dann schlug er mit der Tatze dagegen.

Wieder erklang ein wohlwollender Ton. Er klirrte durch das Zimmer. Surrte durch ihn hindurch und ließ ein sanftmütiges Gefühl zurück.

Minki mochte ihn.

Und die Zweibeinerin lachte vergnügt.

Nun gut. Dann war sie vielleicht doch nicht so schlecht. Immerhin hatte sie ihm dieses Spielzeug besorgt. Das war ungewöhnlich, aber auch irgendwie … nett? Sollte er sich bei ihr bedanken? Hm … Nein. Lieber nicht. Nicht, dass sie sich noch etwas darauf einbildete!

Und so schnurrte der Kater nur leise, während er immer wieder dieses Glöckchen anstupste. Glöckchen? Ja. Glöckchen! So nannte man diese Murmel!

Er schloss die Augen und genoss diese wunderbaren Töne, die das Zimmer erfüllten. Sie beruhigten ihn. Ließen ihn die Fellose beinahe vergessen, die wieder irgendetwas sagte. Sie strich zärtlich über sein Fell. Es war eine so sanfte Bewegung. Eine, die er nicht von dieser sonst so rauen Zweibeinerin gewöhnt war.

Dann legte sich etwas um seinen Hals.

Erschrocken sprang Minki auf. Er fauchte. Schüttelte sich. Kratzte sich am Nacken. Zerrte. Riss!

Und die ganze Zeit sang das Glöckchen ein wildes Lied.

Irritiert stoppte der Kater. Er starrte der jungen Zweibeinerin hinterher, die nun zufrieden das Zimmer verließ. Wieder sagte sie irgendetwas Unsinniges. Ihre Stimme klang dabei irgendwie schadenfroh. Irgendwie so-

Das Glöckchen schwieg, während sie verschwand.

Hatte diese Felllose ihm dieses Spielzeug nur gezeigt, um es nun wieder mitzunehmen? Was sollte das? Dieses Glöckchen war seines!

Und er wollte es sofort zurück.

Mauzend sprang er ihr hinterher und plötzlich erklang sein Glöckchen unter ihm.

Er erschrak noch im Sprung. Hastig wandte sich der Kater in der Luft. Er versuchte, sein neues Spielzeug auszumachen. Es zu fassen. Es zu erblicken oder wenigstens-

Das Aufkrachen auf den Boden stoppte jegliches Vorhaben.

Minki jaulte verärgert der Zweibeinerin hinterher. Seine Schulter schmerzte. Das Halsband drückte auf seine Kehle. Und dieses verdammte Glöckchen-

Er setzte sich auf.

Es klingelte.

Er erstarrte.

Schnuppernd presste Minki das Kinn an seinen Hals. Er versuchte, seinen Hals zu erblicken. Das Halsband zu beäugen. Zu sehen, was ihm da eigentlich umgelegt wurde!

Etwas glänzte.

Hatte diese Zweibeinerin ihm das Glöckchen umgebunden? Was sollte das werden? Hielt sie ihn für eine Zirkuskatze? Er musste das Ding schnellstmöglich loswerden! Oder noch besser: Ihr umhängen!

Wohlwollende Klänge hin oder her: Wenn er das Gebimmel den ganzen Tag vernehmen musste, würde er durchdrehen …

***

Beleidigt saß Minki im Garten. Sein Schwanz peitschte gegen den schattigen Boden und seine Ohren richteten sich auf die drei Zweibeiner.

Verächtlich fuhr er mit den Krallen in den sandigen Boden.

Normalerweise genoss der Kater diese Idylle. Normalerweise spielte er liebend gerne in seinem Paradies. Normalerweise jagte er hier Mäuse oder Eichhörnchen. Aber nie Vögel. Nein. Bloß keine Flattermonster!

Doch sein Normalerweise war ihm geraubt worden.

Die junge Zweibeinerin lachte auf und rannte zu einem Baum mit roten Früchten herüber. Schnatternd pflückte sie welche und lief zu den anderen zurück. Unschuldig teilte sie das Essen mit den Älteren.

Minki kniff die Augen zusammen.

Wie konnte sie so sorglos umherrennen? Wie konnte sie lachen und scherzen und den lieben langen Tag genießen? Nach dem, was sie *ihm* angetan hatte?!

Frustriert presste er seinen Bauch auf den Boden und schlug mit dem Schwanz gegen einen Baumstamm. Das Klingeln des Glöckchens hallte dabei in seinen Ohren wider. Ein einst so angenehmer Klang … Er hatte ihn gemocht. Er hatte ihn als wohlwollend bezeichnet erachtet!

Er konnte ihn nicht minder verachten.

Es war zum Verrücktwerden! Wie konnte sie ihn nur so liebevoll streicheln und eine Freundschaft vorspielen?! Sie hatte ihm dieses dumme Gestrüpp umgebunden! Sie hatte ihn reingelegt und darüber gelacht! Sie- Sie-

Danach waren sie hierher gefahren. In sein Paradies. An den Ort, der dem Kater die Freiheit schenkte! Aber dank des Glöckchens war alles nur eine einzige Qual.

Minki hatte das Geklingel die ganze Fahrt über ertragen müssen. Es verfolgte ihn ständig. Nicht nur, dass es seine

Hobbys zerstörte – sobald er sich hinlegte. Nein! Selbst im Schlaf suchte es ihn heim!

Es unterbrach seine Jagd.

Es verriet den Zweibeinern, wann er sich ins Haus schlich.

Es raubte seinen Verstand!

Fauchend wandte sich der Kater ab und bemühte sich, den Kopf gerade zu halten.

Dennoch klingelte das Glöckchen durch den Garten.

Verdammt! Er hatte schon versucht, es abzukratzen. Ohne Erfolg. Er hatte versucht, es abzureißen. Ohne Erfolg. Er hatte versucht, es über seinen Kopf zu zwängen!

Ohne. Erfolg.

So konnte es nicht weitergehen …

Nachdenklich schob sich der Kater aufs Nachbargrundstück und blickte genervt er über den Rasen. Doch nahmen alle Tiere Reißaus, ehe Minki sie gar erblicken konnte.

Verärgert stolzierte er an einem Mäuseloch im Boden vorbei. Solange sie ihn kommen hörten, war die Jagd sinnlos. Sie würde keinen Spaß machen! Zuerst musste er dieses Glöckchen loswerden. Es musste doch irgendetwas geben, das ihn dagegen nützte. Das ihn Ruhe verschaffte!

Genervt kroch der Kater unter dem nächsten Zaun durch. Solange er die junge Zweibeinerin hören konnte, würde er sich nicht konzentrieren können. Er musste weiter laufen. Er brauchte den Abstand!

Und so wanderte der Kater über die Mauern. Er bestaunte die anderen Zweibeiner, die zwischen ihren Pflanzen knieten und Früchte ernteten. Er beobachtete einige dabei, wie sie sich sonnten. Und dann waren da noch die komischen Felllosen, die ihre dröhnenden Maschinen durch den Garten fuhren!

Verängstigt kauerte sich Minki hinter einen Busch, als er erneut an so einem Monster vorbeikam. Hier waren die

Zweibeiner zu zweit. Einer schob eine dröhnende Maschine über die Wiese und hinterließ eine Spur gekürzten Rasens und der andere …

Der Kater lugte vorsichtig am Busch vorbei.

Das, was der Zweibeiner in den langen Pfoten hielt, ähnelte einer großen Schere. Eine Schere, mit der er die Hecke stutzte.

Swoosh!

Minki zuckte zusammen, als ein dicker Ast von der Schere zerteilt wurde.

Er schluckte.

Dieses Glöckchen musste weg. Es musste! Sonst würde es ihn in den Wahnsinn treiben! Aber … Diese Schere … Diese Kraft … Sie waren gewiss nicht ohne …

Wie konnte der Kater also diese Entdeckung zu seinem Vorteil nutzen? Denn nutzen musste er sie auf jeden Fall! Konnte er den Zweibeiner dazu bekommen, ihm zu helfen? Oder müsste er sich die Schere zu eigen machen? Ob er sie mit seinen schlanken Pfoten überhaupt betätigen könnte?

Minki kauerte sich in den Boden und schaute zu dem anderen Felllosen herüber. Dieser hatte die dröhnende Maschine endlich zum Schweigen gebracht und hantierte nun daran herum.

Plötzlich musste er an die Tochter seines Retters denken. An ihre Hinterlist. An ihre Tücke!

Er würde das Glöckchen hier und heute loswerden. Er würde sich rächen! Er musste.

Wie sonst sollte er ihr Geschenk zu würdigen wissen? Er musste sich doch für sein neues Spielzeug bedanken. Dafür musste er ihr dann seine vollste Aufmerksamkeit schenken!

Nichts anderes hatte sie verdient.

***

Kläglich mauzend zu den fremden Zweibeinern gehen?
Erfolglos.

An der großen Schere schmieren und gepeinigt aufschreien?
Keine Chance.

Sich wie ein sterbender Schwan auf den Boden fallen lassen, verzweifelt aufjaulen, am Halsband Fell auskratzen und erschöpft zusammensacken?

Zumindest sahen die Felllosen nun zu ihm herüber und sprachen leise miteinander.

Eilig wiederholte Minki seine Gesten und Klagelaute. Er rollte sich umher, schrie auf, blieb ausgelaugt liegen, stieß schnaubend Luft aus-

DAS mussten die beiden doch verstehen!

Und endlich! Vorsichtig näherte sich einer der Zweibeiner und strich ihm sanft über den Kopf. Es war eine herzliche Geste. Eine, die der Kater sonst einzig von seinem Retter kannte. Eine, die keiner sonst mit ihm teilte!

Also schmiegte er sich dagegen und gab ein zögerliches Gurren von sich.

Das entlockte dem Felllosen ein tiefes Lachen.

Aber ein tiefes Lachen konnte den Kater noch nicht von dem nervigen Glöckchen befreien!

Eilig rieb Minki seinen Kopf gegen die große Schere, die der Zweibeiner mitgebracht hatte. Diesmal ließ er die kleine Metallkugel dagegen klirren. Er ließ sie erklingen. Ließ sie singen. Und sobald das Geräusch seine Ohren erreichte-

-zuckte er zusammen und flüchtete sich auf den Schoß des Fremden.

Überrascht fiel dieser zurück und landete auf dem Gesäß. Natürlich schien er es Minki nicht böse zu nehmen. Immerhin war Minki ja eine Katze! Stattdessen wechselte er ein paar nachdenkliche Worte mit dem anderen Felllosen.

Ruhig unterhielten sie sich. Ruhig und besonnen. Immer wieder sahen sie sich um. Zeigten in unterschiedliche Richtungen. Wiesen dann zurück auf den Kater. Schüttelten die Köpfe. Nickten. Und letztendlich strich einer von ihnen über Minkis Halsband. Hielt das Glöckchen fest. Sagte etwas.

Der, der immer noch neben ihnen stand, schüttelte wieder den Kopf.

Das behagte Minki nicht.

Schnurrend schmierte er erneut mit der Hand des netten Zweibeiners. Der Zweibeiner, der die Schere festhielt. Der Zweibeiner, der ihn auf dem Schoß sitzen ließ. Der Zweibeiner, der Minkis Problem ernst zu nehmen schien!

Sogleich widersprach der nette Zweibeiner dem anderen.

Unterstützend jaulte der Kater auf. Er musste kläglich klingen. Gepeinigt. Wie ein Häufchen Elend!

Und langsam schlichen sich die Zweifel in die Augen des stehenden Felllosen.

Sie wechselten noch ein paar Worte. Endlich nickten beide. Der andere kniete sich zu ihnen herab. Musterte Minki.

Dann hob der nette Zweibeiner die Schere. Sanft strich er über Minkis Fell. Der Zweite packte den Kater an den Seiten. Hielt ihn still. Furcht meldete sich in dem Kater. Er spürte, wie die Klingen angelegt wurden und-

Swoosh!

Das Halsband fiel – samt Glöckchen – auf den Boden.

Noch nie hatte der Kater eine solche Freude empfunden!

Augenblicklich ließen die Hände von ihm ab – genauso, wie es sich für einen artigen Zweibeiner gehörte. Und Minki?

Minki konnte nicht anders. Überglücklich schmierte der Kater mit seinen Helden. Sie waren wie ein zweiter Retter! Gemeinsam hatten sie Minki von seinem Elend befreit. Sie hatten ihn gestreichelt. Sie hatten sich für ihn eingesetzt.

Besonders der erste.

Er war Minkis Liebling!

Glucksend nahm Minkis Liebling den Dank entgegen. Er streichelte den Kater erneut. Zerzauste ihm das Fell. Drückte ihn sanft. Bot ihm sogar etwas Milch an!

Schnurrend hatte der Kater sein Paradies wiedergefunden …

Erst als sich die Sonne herabsenkte und kalte Schatten über den Rasen huschten, verabschiedete sich Minki und eilte zurück zu seinem Retter.

So gern er auch bleiben wollte, er hatte eine Rechnung zu begleichen!

Minki und der Maulwurf

Ohne das Glöckchen verwandelte sich der Garten wieder in ein Paradies! Es war ein wunderbarer Ort, an dem sich der Kater unerlässlich verlieren konnte. Stets genoss er die Sonne, mied die Vögel und fing sich nach Belieben ein Nagetier für den hohlen Zahn.

Hier war sein zweites Zuhause. Er kannte jeden Winkel – jeden Baum, jeden Strauch, jedes Blatt. Minki musste ja nicht einmal mehr die Augen öffnen, wenn er unter der strahlenden Sonne über den Rasen stolzierte und-

Erschrocken stoppte der Kater und betrachtete den Boden. Seine Pfote war eingesunken. Da, wo sich eigentlich Rasen befinden sollte, war plötzlich ein kleiner Hügel. Ein Häufchen Erde. Mitten in seinem Garten!

Empört mauzte Minki.

Das hatte er nicht gestattet!

Frustriert putzte er seine Pfote, während er Ausschau nach dem Übeltäter hielt. Weit konnte dieser nicht entfernt sein. Dafür war die Erde zu feucht. Sicherlich versteckte er sich irgendwo. Doch Minki durfte ihn nicht entkommen lassen. Nicht, dass dieses Wesen noch *seinen* Garten verunstaltete!

Mürrisch beäugte der Kater seine Umgebung.

Aber nichts regte sich. Der frühe Morgen war genauso still und verlassen wie sonst auch. Hier war niemand. Kein Vogel. Kein Frosch. Keine Katze.

Wie merkwürdig …

Lauernd legte sich Minki auf die Wiese und blieb den ganzen Tag in der Nähe des Hügels. Stets behielt er ihn im Blick. Alles andere blendete er aus. Nur die Ergreifung des Übeltäters zählte! Zum Mittag aß der Kater sogar nur das Fressen, das ihm die Zweibeiner gaben. Nichts weiter.

Dennoch wollte sich der Schuldige nicht zeigen.

Erschöpft fielen ihm abends die Augen zu und er kuschelte sich unter die nächste Hecke. Hier versteckte er sich gern. Es war schön ruhig und selbst im Hochsommer blieb es noch kühl. Hier konnte er-

Ein Geräusch schreckte ihn aus seinen Träumen. Es war zu leise, um es festzuhalten. Aber laut genug, dass es ihm auffiel.

Müde hob er den Kopf.

Stille.

Irritiert spitzte Minki die Ohren und starrte auf den Erdhügel vor sich. War der Übeltäter zurückgekehrt? Oder blieb er feige in seinem Versteck? Dabei musste er sich doch irgendwann nochmal zeigen, oder nicht? Ja. Genau!

Wie sonst sollte der Kater ihn ertappen?!

Minkis Ballen kitzelten und so starrte er auf seine Pfoten. Da war etwas gewesen. Er hatte es gespürt! Nicht doll. Es war eher ein sanftes Beben gewesen. Als würde jemand unter ihm lang krabbeln … Aber es befand sich doch nur Erde unter ihm! Das konnte nicht sein …

Oder?

Ehe sich der Kater versah, bildeten sich Risse neben ihm. Dünne Risse. Wie ein Spinnennetz griffen sie um sich und zeichneten ein faszinierendes Muster ab.

Dann brach die Erde auf.

Eine kleine, schwarze Nase streckte sich in die Luft. Sie war lang. Spitz. Dahinter starrten zwei Knopfaugen ins Leere.

Ein Maulwurf.

Der Kater war so überrascht, dass er sich nicht regen konnte. Aufgeregt schnupperte er die Luft. Er sog den Geruch von Erde ein. Glaubte, dass das dunkle Fell ihn beinahe kitzeln müsste. Dass es so klein, so flauschig aussah!

Es wirkte wie eines der starren Tiere, die bei der jüngeren

Zweibeinerin daheim saßen!

Gerade als Minki die Pfote nach dem Maulwurf ausstrecken wollte, bemerkte dieser ihn. Eilig machte es auf dem Absatz kehrt und verschwand wieder im Loch.

Der Kater schüttelte sich.

Wieso hatte er erst nicht reagiert? Hatte er Angst gehabt? Nein ... Nein! Nicht doch! Er doch nicht! Wenn irgendjemand fragen würde, hätte er natürlich gekämpft! Er hätte es dem Übeltäter gezeigt. Mit jeder Faser seines Körpers, verstand sich! Deswegen würde der Maulwurf auch nie zurückkehren. *Er* hätte zu viel Angst vor Minki. Genau!

Damit legte sich der Kater wieder auf den Boden und schloss die Augen.

Dennoch wollte der Schlaf an diesem Abend nicht kommen.

Minki und die Dachterrasse

Minkis Welt war seit seiner Rettung wahrlich geschrumpft. Doch störte ihn das kaum. Immerhin war diese kleinere Welt so schön bequem und trug zu allerlei Unterhaltungen bei. Schon lange betrachtete er seine Aufnahme in dieses Heim nicht mehr als *Rettung*. Nein.

Es war lediglich ein gut gemeinter Umzug gewesen. Ein Umzug, dem er jederzeit widersprechen konnte. Etwas, was er mehrfach in Erwägung zog, wenn ihn die Frau seines Retters vom Bett runter scheuchte.

Wütend durchkämmte Minki die Wohnung nach einem Ort der Ruhe. Sein perfektes Versteck musste er streichen, da die Zweibeiner ihre Felle gerade gewaschen hatten. Es sei denn …

Der Kater beobachtete neugierig die junge Zweibeinerin, die ins Bad lief. Ohne ihm einen Blick zu schenken, warf sie ihr Fell achtlos auf den Boden, klappte die Wand auf, stieg in die Wanne, ließ es darin regnen und-

Moment. Sie klappte die Wand auf?

Irritiert schaute Minki hoch. Und wahrlich! Dort oben hatte die Felllose ein verstecktes Fenster geöffnet. Es sah anders aus als die Gucklöcher in den restlichen Zimmern. So war dieses hier irgendwie … dreckiger? Es war nicht so durchsichtig. Eher milchig! Hatte er es deswegen bislang nicht bemerkt?

Zischend blies der Wind durch die Öffnung. Er wehte Gerüche, Worte und Versprechungen zu dem Kater herüber. Es waren Eindrücke und Empfindungen, die ihn vorantrieben. Die ihn sein eigentliches Vorhaben vergessen ließen. Die ihn kurios die Öffnung beschnuppern ließen.

Und ehe er sich versah, saß Minki auf der Heizung und starrte hinaus auf ein schmales Brett, das draußen das Gemäuer umarmte.

Sein Schwanz zuckte. Unsicher wog der Kater seine nächsten Schritte ab. Er kostete die Luft.

Zum einen wollte er wissen, wohin dieses Brett führte, zum anderen war es doch etwas frisch da draußen. Sollte er den Sprung ins Unbekannte wirklich wagen? Aber es war so kühl. Und windig. Und es roch komisch! Das war kein Ort für-

Minki hielt inne. Es wäre kein Ort für ihn? Er hatte einst in einer sehr viel schlimmeren Gegend gewohnt! Dort war es kälter gewesen. Dort hatte es mehr gestunken. Dort hatte der Geräuschpegel seine Ohren unermesslich gepeinigt!

Nicht wie hier. Nicht wie auf diesem schmalen Brett. Nicht wie die Welt dort draußen.

Das hier war eine bessere Gegend, so viel war Minki klar.

Entschlossen schritt der Kater ins Freie. Er prüfte erneut die Luft, schnupperte an dem Gemäuer, an dem Holz, betrachtete die Maserung … ehe er zügig, aber vorsichtig, dem Pfad des Brettes folgte.

Na bitte! So schlimm war es gar nicht. Nur die ersten Schritte waren etwas frisch und unangenehm gewesen. Doch nun? Nun hatte Minki sich an den Wind und die Umgebung gewöhnt. Nun zählte nur der Weg vor ih-

Überrascht betrachtete Minki die Dachterrasse, die neben ihm auftauchte. Sie war so weit! Das Brett, auf dem er lief, diente als eine Art Begrenzung für die große Fläche. Stetig verlief es um das Dach rum und umarmte es so liebevoll.

Na ja. Wenn man diese offene Fläche denn als Terrasse betiteln konnte. Überall standen Holzposten, zwischen denen Schnüre gespannt waren. Und über diesen hingen unendlich viele Laken und Decken. Sie machten sich so breit!

Irritierend lief der Kater durch ein Meer aus bedruckten Blüten. Er beschnupperte die weißen Stoffe, die bunten, die karierten und die bestickten. Rümpfte die Nase. Fühlte sich dazwischen verloren. Gefangen. Eingesperrt!

Sie alle rochen parfümiert. Sie stanken süßlich oder herb. Sie trugen Düfte in sich, die wieder andere überdecken sollten oder die generell die Luft verpesteten. Sie waren eine olfaktorische Qual. Eine Zumutung.

Die reinste Folter!

Minki mochte es schon nicht, wenn die Frau seines Retters die Betten neu bezog. Dann rochen sie nicht mehr so schön nach *seinem* Zweibeiner. Aber diese … diese *Düfte* waren ja noch viel schlimmer!

Die Nase gen Himmel gerichtet, stolzierte der Kater durch die gewaschenen Stoffe. Gnädig entleerte er seine Blase überall dort, wo die Gerüche der Pest ähnelten!

Eine solche Nasenpein konnte er den Zweibeinern nicht zumuten. Am Ende rochen die Felllosen noch so! Nein. Danke. Er musste ihnen aus der Bredouille helfen.

Wie sonst konnte er seinem Retter je wieder in die Augen sehen?

Minki und die Schränke

Minkis Hobbys waren in der Wohnung der Zweibeiner sehr begrenzt. Dafür schränkte dieser Ort ihn zu stark ein. Die Fenster blieben den meisten Tag über verschlossen, die Tür verriegelt, der Besuch mickrig. Außerdem wusste keiner dieser Gäste seine königliche Anwesenheit zu würdigen. Sie boten ihm ja nicht einmal Leckerlies dar!

Alles in allem besaß der Kater kaum Möglichkeiten, um sich den Tag zu versüßen. Klar, er konnte die Felllosen ärgern: Mal würgte er sein Fell über den Polstern hoch, mal stahl er sich etwas Essen und mal zerkratzte er die Wände. Manchmal kletterte er auch auf die eckigen Bäume, um dort alles runter zu werfen. Natürlich nur aus Versehen.

Genauso, wie wenn er das Katzenklo verfehlte.

Leider kam ihm die Frau seines Retters immer viel zu zügig auf die Schliche. Jedes Mal erkannte sie die Absicht hinter seinen Taten. Wie konnte sie nur!

Viel zu oft jagte die alte Zweibeinerin ihn dann fluchend den Flur hinunter. Sie drohte ihm mit den lästigen Kittelleuten. Mit kleineren Essensrationen! Was für Horrorgeschichten ihr doch einfielen …

Wie gut, dass Minki kein gewöhnlicher Kater war. Während die meisten Katzen sich wohl schlafend zusammengerollt und ihr Schicksal akzeptiert hätten, wollte er sich lieber herablassen, um ihren Horizont zu erweitern.

Wenn auch nur, um es dieser felllosen Wichtigtuerin heimzuzahlen.

Also beobachtete er die Zweibeinerin. Er begutachtete jede ihrer Bewegungen. Analysierte ihr Verhalten gegenüber den anderen. Lernte, die Gesten zu verstehen. Ließ sich keine Irritation anmerken, als sie sich komische Zweige auf die Nase legte. Oder als sie ihre Felle mit einem heißen Stein bestrich. Oder als sie die eckigen Bäume öffnete, um Dinge darin zu verstauen.

Mit einem teuflischen Gedanken gesegnet, schloss er die Augen und ließ sich nichts anmerken. Er durfte sich vor der Felllosen nicht verraten. Ansonsten würde sie noch seine Pläne vereiteln!

Er musste unschuldig wirken.

Die nächsten Tage verstrichen wie im Fluge. Denn Minki war damit beschäftigt, sein neues Handwerk zu erlernen. Ein Handwerk, das er so oft beobachtet hatte, dass er es eigentlich bereits beherrschen musste. Es war eine Meisterkunst, die er zu perfektionieren beabsichtigte. Nur so könnte er sein neues, wundervolles Hobby in vollsten Zügen genießen.

Der Kater musste nur dieses kleine Stück Metall packen, drehen und dann-

DA!

Schnurrend begutachtete er die Lorbeeren seiner harten Arbeit. Er beschnupperte den Inhalt des eckigen Baumes. Die Tücher, den Keramik, die zotteligen Decken ... Nichts davon roch essbar. Aber das war ja auch nicht das Ziel. Etwas Fleisch oder Katzenfutter wäre einzig die prachtvolle Kirsche auf dem bereits so extravaganten Kuchen gewesen!

Nein. Minkis Plan war von langfristigerer Natur. Er hatte gesehen, wie sich die Zweibeinerin mit ihrer Tochter gestritten hatte, weil diese ihr Zeug überall liegen ließ. Die Jüngere bekam dann immer wegen ihrer Unordnung Ärger. Wegen den Fellen, die sie achtlos auf den Boden schmiss oder wegen der Tasche, die den Zugang zum Esszimmer blockierte ... Nun jedoch? Nun würde sie auch noch die Quittung für sein Chaos erhalten! Er musste nur dafür sorgen, dass alle sich auf die junge Zweibeinerin konzentrierten, damit er nicht wieder selbst in die Schussbahn gelangte …

Das sollte machbar sein.

Immerhin musste es sich ja lohnen, dass er gelernt hatte, wie man diese eckigen Bäume aufschloss. Es war nicht einfach gewesen, den Schlüssel mit den Pfoten zu packen. Geschweige denn das Drehen und Ziehen!

Die Zweibeiner würden seine Tücke nie erkennen.

***

Minki stolzierte mauzend an der jungen Zweibeinerin vorbei durch den Flur. Sein Blick glitt über die Verwüstung, die er selbst angerichtet hatte und für die die Felllose geradestehen musste. Er hatte alles im Flur verteilt: Große Schuhe, kleine Schuhe, stinkende Tuben, Tücher, eine seltsame Bürste … Es war anstrengend gewesen, die Gerüche zu ertragen, aber der Anblick machte jede Mühe wett!

Der Streit erklang wie Musik in seinen Ohren. Minki genoss es, der Frau seines Retters zu lauschen. Ach, wie herrlich sie mit der Anderen meckerte! Wie das Gezeter hin und her ging. Und wie sie ihn beide ignorierten …

Keiner vermutete seine Tücke!

Zufrieden reckte der Kater sein Näschen in die Höhe. Endlich konnte er morgens auf dem Sofa liegen bleiben! Immerhin hätte die Frau seines Retters nun einen anderen Sündenbock zu verfolgen. Sie war beschäftigt.

Schnurrend glitt Minkis Blick über die schlafende Form des anderen Felllosen. Diesem waren auf dessen Thron die Augen zugefallen. Anders wusste der Kater diesen Stuhl nicht zu beschreiben. Er war gepolstert. Weich. Roch nach Sicherheit und Streicheleinheiten.

Hieran würde er nie die Krallen wetzen.

Er schaute zu den eckigen Bäumen herüber. Lauschte den keifenden Stimmen im Flur. Ließ die Heimtücke durch seine Gliedmaßen wandern. Genoss das Gefühl der Macht. Genoss das Gefühl, etwas erreicht zu haben!

Über die letzten Wochen hatte er so viel Chaos angerichtet. Chaos, für das er stets unbestraft blieb. Dabei hatte er alles Mögliche aus den eckigen Bäumen gezerrt. Sachen, die er teils durch die ganze Wohnung schleppte! Es gab nur eine Regel:

Immer darauf zu achten, dass keine Spur zu ihm führte.

Es war ein so tolles Spiel. Ein Spiel, mit dem er den Zweibeinerinnen endlich ihre Unverschämtheiten austreiben konnte! Er musste sie nur gegeneinander ausspielen. Nie und nimmer wollte er damit aufhören. Warum auch? Warum sollte er seine Grenzen nicht weiter austesten? Sein Retter schlief eh. Und die anderen Felllosen waren noch mit dem Durcheinander im Flur beschäftigt.

Nur Minki war wach, satt und ausgeruht.

Ob er einen weiteren eckigen Baum öffnen und leerräumen könnte? Ehe jemand ihn sah? Sicherlich würde die Ältere dann so lustig toben. Oh, ja!

Die Stunde der Wahrheit nahte.

Entschlossen sprang der Kater zu den eckigen Bäumen und wählte per Zufall eine der Türen aus. Der Schlüssel steckte wie immer im Loch. Noch starrte er ihn verpönend an. Allerdings kümmerte Minki sich nicht darum. Dieses Stück Metall konnte sich ihm nicht lange widersetzen!

Er warf einen zügigen Blick über die Schulter. Auf die schlafende Form seines Retters. Erst danach machte er sich ans Werk.

Pfotenspitzengefühl war gefragt. Jede Bewegung könnte ihn wieder von vorne anfangen lassen. Und wenn er den Schlüssel versehentlich herauszog, hatte er verloren. Sein Talent der Ruhe und Besonnenheit wurde benötigt. Beides Dinge, von denen sich Minki zumindest einbildete, sie zu besitzen.

Es klickte.

Triumphierend zog er den Schrank auf.

Und stockte.

Minki lehnte seine Ohren nach hinten. Dort war etwas gewesen. Ein unerwartetes Geräusch. Eines, das einem hastigen Luftholen glich.

Langsam drehte der Kater den Kopf um.

Er versuchte, ein überraschtes und vor allem unschuldiges Mauzen von sich zu geben. Jedoch war er sich ziemlich sicher, dass die alte Zweibeinerin sich nicht ablenken ließ. Mit großen Augen starrte sie ihn an. Sie schüttelte den Kopf. Schloss die Lider. Öffnete sie wieder. Runzelte die Stirn.

Minki schob sich näher an seinen Retter. Er verkroch sich erst zwischen dessen Beinen und huschte eilig hinter dessen Sessel. Außerhalb ihrer Reichweite – wie er innigst hoffte. Er musste fort. In Sicherheit!

Seine Torheit erkannte er erst, als sie ein irres Lachen von sich stieß.

Das Lachen der Rache.

Minki und die irre Zweibeinerin

Vorsichtig blickte Minki nach links. Und nach rechts. Und nochmal nach links. Und um ganz sicherzugehen, lieber ein weiteres Mal nach rechts.

Erst danach hastete er durch den Flur ins nächste Zimmer. Direkt unters Bett.

Geschafft! Erneut hatte er sich seinem Fressnapf erfolgreich um einen Raum genähert, ohne dabei in die felllosen Hände zu geraten.

Seitdem die Zweibeinerin erkannt hatte, dass er für die ausgeräumten eckigen Bäume verantwortlich war, hatte sich das Blatt für den Kater gewendet. Plötzlich war die Frau seines Retters so viel aufmerksamer. Sein Retter schien viel mehr zu arbeiten. Und deren Tochter?

Minki robbte tiefer unters Bett, als er ihre Schritte vernahm. Zügig hallten sie durch den Flur. Sie liefen in das Gästezimmer. In den Raum, in dem er sich eben noch versteckt hatte.

Er wusste, was diese irre Zweibeinerin wollte. Oder ... Er glaubte, es zu wissen. Beim letzten Mal hatte sie ihn durch die gesamte Wohnung gejagt. Fangen, hatte sie es genannt. Ein nerviges Spiel, bei dem sie jedes Mal die Regeln änderte, um ihn um seinen Atem zu bringen!

Und Minki würde weder dieses Spiel noch sonst eine ihrer albernen Ideen dulden. Niemals! Er würde sich durchsetzen! Er würde sich nicht aufhalten lassen! Und er würde endlich an sein Frühstück gelangen!

Der Kater lauschte ihrer rufenden Stimme. Er schielte zum nächsten Zimmer. Peitschte mit dem Schwanz. Beobachtete den Spalt vom Flur, den er einsehen konnte.

Und sprintete los.

Seit dem Abendbrot hatte er sich nicht mehr in die Nähe

seines Napfes getraut. Das musste endlich ein Ende finden! Mittlerweile hatte er einen solchen Hunger bekommen, dass selbst die Spinnen im Badezimmer appetitlich aussahen!

Er brauchte etwas zwischen den Zähnen.

Etwas Richtiges.

Die Achtbeiner hatten nicht gemundet.

Das Wasser lief Minki im Mund zusammen, ehe er die Küche erblickte. Sofort war er an seinem Fressnapf. Er schlang seine Portion gierig herunter. Fraß so unsauber, wie schon lange nicht mehr. Er kümmerte sich nicht darum. Das Einzige, was zählte, war-

Erschrocken mauzte er auf, als ihn die irre Zweibeinerin auflas. Ihre Hände packten ihn so fest, dass er sich unmöglich dagegen wehren konnte. Dass er unmöglich nach ihr ausholen konnte!

Lachend begann sie, zu mauzen. Worte, die in Minkis Ohren keinen Sinn ergaben. Die er kaum zu deuten wusste. Die wie irre Zugeständnisse klangen. Deren Betonung ihn beunruhigte.

Und dann waren sie auch schon in ihrem Zimmer.

Minki jaulte verzweifelt die Tür an, die die Zweibeinerin hinter ihnen schloss. Sie hatte also dazu gelernt. Beim letzten Mal hatte sie das Ding offen gelassen und er hatte ihr frühzeitig entkommen können. Allerdings hatte sie dann auch dieses Fangen mit ihm spielen wollen und-

Die Erdanziehungskraft machte sich an dem Kater bemerkbar und überrascht drehte er sich in der Luft so um, sodass er mit allen vier Pfoten auf ihrem Bett landete.

Empört beschwerte er sich.

Sie jedoch las ihn wieder auf. Sie drehte ihn auf den Rücken. Ließ ihn fallen.

Und er landete erneut auf den Pfoten.

Ehe er reagieren konnte, wiederholte sich das Spiel. Immer

und immer wieder. Mittlerweile realisierte Minki, dass er immer tiefer fallen gelassen wurde. Panik stieg in ihm auf. Er wollte das nicht. Er wollte nicht ihrer Belustigung dienen. Er wollte ihren doofen Rachefeldzug nicht!

In seinem Magen drehte sich alles. In seinem Kopf drehte sich noch mehr! Oben und unten schienen miteinander zu verschmelzen. Schienen den Horizont zu umweben. Die gerade Linie in einen Strudel zu verwandel-

Und dann hatte er plötzlich nicht mehr genug Platz, um sich im Fall zu drehen.

Ängstlich schossen seine Krallen raus. Sie bohrten sich in die Arme der irren Zweibeinerin. Arme, die erschrocken abließen.

Hastig stieß er sich ab!

Minki sprang an ihr vorbei. Er eilte zur Tür. Machte sich an der Klinke zu schaffen. Da war eine wütende Stimme hinter ihm. Giftig klang sie in seinen Ohren wider. Sie verfolgte ihn!

Ängstlich verkroch er sich in seinem perfekten Versteck.

Das war zu viel des Guten! Er würde erstmal hier ausharren. Genau! Solange die irre Zweibeinerin nach ihm Ausschau hielt, würde er sich verkriechen. Und wenn er Jahrzehnte hier hocken musste!

Oder zumindest für ein paar Stunden. Immerhin müsste bald sein Retter heimkehren und in der Küche wartete ja immer noch das Essen auf den hungrigen Kater.

Minki und Kitty

Zusammengerollt blickte Minki von seinem Hocker herab. Er musterte seine Umgebung genauestens. Bedachte dabei jede noch so kleine Bewegung mit einer Aufmerksamkeit, wie schon lange nicht mehr. Die alte Zweibeinerin wurde ausgeblendet. Dieser Gast, der ihm sonst immer ein Leckerli darbot, wurde ausgeblendet. Ja, sogar sein Retter wurde ausgeblendet!

Keiner von ihnen war von Bedeutung.

Nicht, solange sie da war.

Etwas berührte seinen Schwanz und erschrocken fie- ehm, Pardon, sprang er vom Hocker. Seine Augen wanderten zu dem fremden Wesen, das ihm so ähnlichsah und doch so fremd erschien.

Sie war klein. Spitze Ohren zuckten auf ihrem Kopf herum. Ein brauner Fleck zierte ihr Näschen. Darunter, am Hals, baumelte ein rotes Halsband mit einem stillen Glöckchen.

Ja, still. Denn Minki hatte es kein einziges Mal vernommen, während sie ihn geärgert hatte. Während die Zweibeiner nur dasaßen und nichts unternahmen. Während sie ihre Gespräche über sein seelisches Wohl stellten!

Beleidigt streckte er die Nase in die Höhe und wandte sich von der anderen Katze ab. Zumindest glaubte er das. Jedoch hatte er wieder verpasst, wie sie durchs Zimmer schlich. Denn plötzlich saß sie auf seinem Hocker, sodass er zu ihr hinaufschauen musste.

Als wäre es ihr Thron!

Ihr Schwanz kräuselte sich erhaben um ihre Pfoten. Ihre Augen betrachteten ihn gelassen. Und dann putzte sie einfach ihre linke Vorderpfote!

Das konnte nicht wahr sein.

Einen Augenblick lang wägte der Kater ab, ob er sich seinen

Platz zurückerobern sollte. War es die Mühe wert? Was, wenn der Gast eh gleich wieder ging? Und wenn er natürlich sein komisches Kätzchen mitnahm? Warum sollte Minki es sich anlasten, dieses fremde Kind in seine Schranken zu weisen? Käme das nicht einem Zeichen der Schwäche gleich?

Als wären seine Gedanken bei den Felllosen angekommen, standen diese plötzlich auf und gingen zur Haustür. Einer von ihnen kraulte das Kätzchen, nannte sie Kitty, verabschiedete sich und dann-

Waren sie weg.

Verdutzt blickte Minki den leeren Flur entlang.

Was war gerade passiert?

Eine Pfote stupste ihn zwischen seinen schwarzen Ohren an und erschrocken flüchtete er sich um den Hocker herum.

Das konnte nicht deren ernst sein!

Eine zweite Pfote schoss von der anderen Seite des Hockers auf ihn herab.

Sogar sein Retter ließ ihn zurück?

Nun wurde sein Schwanz gehauen.

Minki fauchte die Luft hinter ihm an, aber da war niemand mehr. Kein Köpfchen ragte hervor. Keine Pfote wartete darauf, ihm eine zu verpassen.

Wo war sie hin?

Vorsichtig drehte er sich im Kreis, als ihm plötzlich – aus dem Nichts – wieder eine gelangt wurde.

Das konnte nicht wahr sein! Was erlaubte sich dieses fremde Kätzchen? Wo war sie? Was wollte sie hier? Warum waren die Zweibeiner allesamt verschwunden? Warum hatten sie diese … diese *Kreatur* in seinem Reich Einzug gewähren lassen? Warum hatten sie sie zurückgelassen?!

Minki sprang auf den Tisch, um sich einen besseren Überblick zu verschaffen und grinsend blickte ihn Kitty vom

Sofa aus an.

Da war sie also! Seine Nemesis. Das Übelste vom Übelsten. Der schlimmste Horror seit den Flatterviechern!

Er musste sie verjagen. Er musste sein Reich beschützen. Er musste das Ungeheuer verscheuchen, ehe es auf böse Gedanken kam! Und dafür fiel ihm nur eine Lösung ein. Eine Lösung, die sich auch gegen alle anderen Besuchermonster bewährt hatte:

Er fauchte. Er fauchte und spuckte. Er stellte seinen Schwanz auf. Stellte alle Haare auf. Machte einen Buckel. Er legte seine ganze Verachtung in seine Körperhaltung!

Und sie?

Sie mauzte ihn in ihrer zärtlich hohen Stimme an.

Minki zog den Schwanz ein und rannte ins Nachbarzimmer.

Warum war sie nicht geflohen? Warum hatte sie nicht einmal mit dem Schwanz gezuckt? Warum hatte sie nur so hoch gemauzt? Was wollte sie von ihm?!

Sie machte ihm Angst.

***

Drei Tage musste er diese Kitty ertragen. Drei. Tage. Und dabei war doch jede Minute mit ihr bereits eine Zumutung!

Vorsichtig blickte Minki an einem eckigen Baum vorbei. Er hatte gehört, wie die Zweibeinerin sie zum Abendessen gerufen hatte. Und wahrlich! Da stand die Felllose mit seinem Napf-
-und einem weiteren.

Also würde sie erneut zum Essen bleiben? Warum? Womit hatte er dieses Ungeheuer verdient? Was hatte er getan, dass es diese Kreatur in seinen heiligen Hallen rechtfertigte? Das hier war sein Revier!

Resigniert zog der Kater den Kopf ein, als sie herübersah. Er betete, dass sie ihn nicht erblickt hatte. Weder sie noch die Frau seines Retters. Sie durften seine Feigheit nicht erahnen. Das würde sonst nur zu weiteren Problemen führen. Vielleicht würde diese Kitty dann sogar länger bleiben? Nein. Viel eher sollten sie denken …

Sie sollten denken, dass er sein Essen nicht mit niedrigen Wesen einnehmen wollte. Genau! Sie mussten falsche Schlüsse ziehen. Immerhin war er doch das gefürchtete Raubtier dieser Familie. Kein Wesen könn-, Pardon, kein Wesen würde ihn ängstigen! Dazu waren sie außerstande!

Diese Kitty mauzte. Sofort stellten sich Minkis Nackenhaare hoch. Sein Schwanz puffte sich auf. Seine Ohren klebten sich an sein Kopf.

Wollte diese fremde Katze ihn herausfordern? Oder ihn einschüchtern? Vielleicht wollte sie ihn auch nur zum Spaß verraten? Glaubte sie, dass dies eine kluge Entscheidung wäre? Dass er sie dafür nicht in Stücke-

Ein Surren schnitt durch die Zimmer. Es kam von der Wohnungstür. Ein unangenehmes Geräusch, das der Kater noch nie leiden konnte. Es ging ihm gegen den Strich. Er hoffte inständig, dass jemand sich eiligst um den Lärm kümmern würde. Ehe dieses nervige Rattern erneut erklang!

Und wahrlich! Artig stellte die alte Zweibeinerin die Näpfe ab und lief rüber. Dabei mauzte sie etwas in ihren schrägen Tönen. Klänge, die sich für den Kater viel zu schief anhörten. Aber nach seiner Meinung fragte sie eh nicht.

Sie beachtete Minki ja nicht mal! Zielsicher trampelte sie an ihm vorbei. Sie schenkte ihrem liebevollen Familienkater kaum noch einen Blick, seitdem dieses Kätzchen hier war.

Als hätte sie Kitty gegen ihn eingetauscht!

Was für eine Verleumdung …

Über Minki mauzte es und erschrocken blickte er die andere Katze an. Erneut hatte sie sich lautlos auf einen eckigen Baum niedergelassen. Mit ihrem Blick forderte ihn höhnisch heraus und der Kater brauchte all seinen Mut, um nicht wegzulaufen.

Stattdessen fauchte er. Laut. Spuckend. Gebückt.

Wenn sie sich raufen würden, wäre diese Kitty vielleicht agiler, er jedoch muskulöser. Er wohnte hier. Er kannte-

Mauzend aalte sie sich hin und präsentierte ihren Bauch.

Wollte sie ihn so anstacheln? Oder wusste sie, dass er nur vorgab, sie vertreiben zu können? Warum blieb sie stets so ruhig? Was hatte all das zu bedeuten?

Ein Lachen verirrte sich in seine Ohren. Überrascht sah er sich um. Genauso wie Kitty, die plötzlich angespannt wirkte. Eilig sprang sie von dem eckigen Baum runter. Sie hastete durch den Flur, auf der Suche nach der Quelle des Lärms. Auf der Suche nach-

-nach ihrer Zweibeinerin, erkannte Minki reumütig. Erst nun wurde ihm bewusst, dass sie die ganze Zeit von ihrer Felllosen getrennt gewesen war. Stattdessen war sie hier gewesen. Bei seinen Zweibeinern. Als hätte man sie zurückgelassen.

Schuldig trabte er dem Kätzchen hinterher. Er beobachtete, wie sie im Flur lag und sich schnurrend von ihrer Zweibeinerin kraulen ließ. Kitty schien jeden Augenblick zu genießen. Sie schien jede Bewegung der Felllosen vorherzusehen. Schien diese nimmer mehr missen zu wollen.

Minki fragte sich, ob er bei irgendwem jemals so reagieren würde. Bei seinem Retter vielleicht …

Ob diese Zweibeinerin Kitty gerettet hatte? Aber warum hatte sie dann das Kätzchen für drei Tage hier gelassen? Das war unakzeptabel! Wie konnte sie sich nur aus dem Staub machen?!

Allmählich spürte Minki, dass er sich entspannte. Sein Fell glättete sich wieder und nachdenklich putzte er seinen Schwanz, um auch die letzten widerspenstigen Haare zu bändigen. Dann

setzte er sich ordentlich hin und stolzierte – so gut es ihm möglich war – zu Kitty. Er beschnupperte ihr Köpfchen. Schluckte seinen Missmut hinunter. Verdrängte jede Abneigung ihr gegenüber.

Und schmierte mit ihrem Schopf.

Für einen Augenblick war das Kätzchen erstarrt.

Dann schnurrte sie fünfmal lauter als zuvor und gab die Liebkosung zurück.

Warum hatte er sich nicht gleich mit ihr angefreundet?

Minki und seine Beute

Es war ein angenehmer Nachmittag in seinem Königreich. Also: Endlich. Denn nach langem Hin und Her hatten Minkis Zweibeiner doch noch die Wohnungstür gefunden und dem Kater seine wohlverdiente Ruhe geschenkt. Nun konnte er sich genüsslich auf dem Sofa ausstrecken. Er genoss die warmen Sonnenstrahlen. Er genoss die Stille. Er genoss den Frieden!

Bis das Surren ihn weckte.

Minkis Ohren zuckten zum angekippten Fenster. Da! Da war es schon wieder! Gefolgt von einem dumpfen Boing. Das … Er kannte dieses Geräusch!

Mit der Eleganz einer Raubkatze wandte Minki sich um und purzelte vom Polster.

Nun ja. So war das zwar nicht geplant gewesen, doch zumindest vertrieb es auch den letzten Hauch seiner Müdigkeit. Zielsicher suchten seine Augen die Fenster ab. Bei den ganzen Gardinen konnte er so nicht viel erkennen, aber wenn sich das Insekt wieder bewegte … Er müsste nur dem Surren folgen und-

Da!

Da trieb sich seine Beute rum!

Still wie ein Schatten kauerte sich der Kater zusammen. Er reckte seinen Hintern in die Höhe. Ließ seinen Schwanz aufpeitschen. Nach links. Nach rechts. Wieder nach links.

Dann schoss er vor.

Sein einziger Fokus lag auf seiner Beute. Auf diesem kleinen, schwarzen Insekt, das sich in den Gardinenfalten versteckte. Es brummte leise. Krabbelte hinter eine Stoffschicht. Schlug gegen die Scheibe.

Minkis Tatze verfolgte es kühn. Der Kater sprang an einem eckigen Baum hoch. Holte aus. Erwischte doch nur Stoff. Seine

Beute surrte wieder. Mehrere Boings folgten. Minkis Augen huschten über die gesamte Gardine. Fanden das Insekt erneut!

Entschlossen sprang er in die Stoffmassen und krallte sich darin fest. Jaulend hangelte er sich höher. Dabei war es ihm egal, wie sehr die Gardine stöhnte.

In Minkis Welt gab es nur noch ihn und seine Beute. Der Rest waren Requisiten.

Und so bemerkte der Kater leider zu spät, dass sein Halt mit einem Ruck nachgab.

Erschrocken krallte er sich in den Stoff. Stoff, der ebenso gut Luft sein konnte. Das Weiß hüllte ihn ein. Hielt ihn fest. Zwängte ihn zu Boden!

Mit einem panischen Mauzer schüttelte er sich. Er drängelte sich aus seinem Gefängnis. Spannte sich an. Lauschte.

Boing.

Das bedeutete Krieg!

Zornentbrannt sprang Minki die kahle Fensterscheibe an. Rauf. Runter. Rauf. Runter. Er sah nur noch dieses kleine Insekt. Er musste es seiner Beute heimzahlen! Dieses winzige, schäbige, dunkle Vieh! Es gehörte-

Da!

Endlich bekam er es mit seinen Pfoten zu packen und warf es auf den Teppich. Triumphierend stand er darüber. Er hatte es erlegt! Er war der beste Jäger der Welt. Er hatte ihm gezeigt, wer der bes-

Minki betrachtete es genauer.

Wieso bewegte es sich nicht mehr?

Verwundert stupste der Kater es mit der Pfote an. Dann nochmal. Und nochmal. Er mauzte fragend.

Keine Reaktion.

Wie konnte es Minkis Heldentum verpassen? So unhöflich!

Beleidigt putzte der Kater seine Pfote. Er konnte es nicht

glauben! Da hatte er sich so sehr angestrengt – also, wenn jemand fragte, natürlich gar nicht – und dann kümmerte es seine Beute nicht einmal! So ein ungehobeltes, dummes-

Surren.

Erschrocken sprang der Kater auf. Wann war ihm das Insekt entwischt? Und wie war es zum Fenster gelangt? Er hatte es doch erlegt! Es hatte dort zu liegen zu bleiben und-

Ehe er zum Sprung ansetzen konnte, fand das Tier den angekippten Spalt und flog hinaus.

Zurückblieb ein verdutzter Minki. Kopfschüttelnd wandte sich der Kater ab und legte sich wieder aufs Sofa. So hatte er sich seine Jagd nicht vorgestellt. Wenn jemand fragte, dann … Ja. Er hatte es entkommen lassen. Absichtlich. Dieses Insekt war seiner nicht würdig gewesen!

Beim nächsten Mal musste er aber besser aufpassen …

Ehe er die Augen schloss, fiel sein Blick auf die abgerissene Gardine.

Vielleicht, nur vielleicht, sollte er sich heute woanders hinlegen? Ehe die Frau seines Retters heimkäme und ihn anschreien würde?

Nah … Sie hatte das Fenster offengelassen. Selbst schuld!

Minki und das kleine Wesen

Heftig peitschte er mit dem Schwanz und starrte auf das kleine Wesen. Dieses immer wieder so grässlich kreischende Wesen, das die junge Zweibeinerin angeschleppt hatte. Ein Wesen, das die Felllosen auf einem seiner endlosen Lieblingsorte abgelegt hatten! Mitten in der Sonne!

Auf seinem Bett!

Nun gut. Vielleicht nicht direkt Minkis Bett. Aber es war das Bett seines Retters und das machte es doch wahrlich auch zu seinem Eigentum! Immerhin war die Decke so schön weich und die Kissen so schön flauschig und die morgendliche Sonne …

Genervt wandte er den Kopf von dem kleinen Wesen ab. Er drehte sich dem Licht zu. Dieser herrlichen Wärme!

Und schielte unauffällig zu dem schlafenden Etwas rüber.

Er mochte es nicht. Alle paar Stunden schrie es. Es trat um sich. Schlug auf Dinge und auf ihn ein. Gestern erst hatte es an Minkis Schwanz genuckelt!

Nur wenn einer der Zweibeiner ihm etwas in den Mund schob oder jemand die Geruchswolke entfernte, die sich alle paar Stunden über dem kleinen Wesen bildete, hörte es mit dem Terz auf. Stattdessen schien es sie auszulachen, während die Felllosen sanftmütig auf den Quälgeist einredeten! Diese Dussel ermunterten das mickrige Ding dazu, mehr zu trinken. Sie freuten sich über jedes Geräusch, das es fabrizierte. Sie gaben diesem nervigen Etwas so viel Liebe und Aufmerksamkeit, dass Minki beinahe schlecht wurde!

Wahrlich gingen sie viel zu nachsichtig mit der Kastration ihrer Ohren um! Noch immer brannten Minki die Ohren von dem letzten Schreianfall des kleinen Wesens. Er hatte deswegen schon mehrfach mit dem Gedanken gespielt, sein Revier vor diesem Ding zu verteidigen! Aber … es war ihm einfach zu suspekt. Zu eigen. Zu ungewöhnlich. Und seit Kitty war er vorsichtiger geworden.

Neugierig sah er wieder zu dem Quälgeist rüber. Er musterte das Gesicht. Die Gesichtszüge: geschlossene Augen, gerümpfte Nase, dünner Mund, angespannte Brauen, schmale Falten auf der Stirn …

Moment. Diese Falten hatte er gestern schon mal gesehen. Sie hatten sich dort gebildet, ehe der Gestank kam. Als müsste sich das kleine Wesen anstrengen, um diesen zu fabrizieren.

Minkis Schnurrhaare zuckten genervt.

Womit hatte er das verdient? Das hier war sein persönlicher Sonnenplatz! Schlimm genug, dass sein Retter diesem Ding so viel Aufmerksamkeit. Schlimm genug, dass er länger auf sein Fressen warten musste, wenn sich alle nur um den Schreihals kümmerten. Schlimm genug, dass dieses mickrige Etwas überhaupt so laut schrie!

Aber wieso musste es die Luft in seinem Reich verpesten? Während er sich sonnte?! Fehlte nur noch, dass es wieder mit dem Krach bega-

Ein fiependes Geräusch verfing sich in Minkis Ohren und sofort zuckten sie umher. Er starrte das kleine Wesen an. Beobachtete die Mimik genauer. Studierte diese Gesichtszüge. Diese bebenden Lippen, die-

Dann entspannte sich das Ding wieder.

Falscher Alarm.

Erleichtert legte Minki den Kopf auf die Pfoten. Er ignorierte den beißenden Geruch gekonnt. Das war das kleinere Übel. Und das kleinere Übel würde ihn noch nicht vertreiben. Denn noch schlief das Wesen. Noch würde es schweigen. Noch konnte Minki die Sonne in vollen … oder zumindest halb vollen Zügen genießen. Und das gedachte er auch zu tun! Er würde jeden Strahl mit seinem dunklen Pelz aufsaugen. Er würde diese

Wärme schnurrend in Empfang nehmen, nachdem es die letzten Tage so frisch gewesen war. Nachdem die Nacht so kühl gewesen war. Nachdem so viel Hektik und Stress sein armes Katzenleben heimgesucht hatten!

Sachte schloss Minki die Augen. Er blendete alle Sorgen aus. Konzentrierte sich einzig auf das angenehme Gefühl auf seinem Fell. Dieses Paradies, das er darauf spürte. Der Himmel auf Erden, der ihm-

Ein weiteres Fiepen. Schriller. Bestimmter. Launischer.

Und damit entschied Minki, dass alle Sonne der Welt keinen Tinnitus Wert war.

Eilig sprang er vom Bett, ehe die Stimme lauter werden konnte. Er drückte die Türen auf. Trabte in die Küche. Ließ seinen vorwurfsvollen Blick über die anderen Zweibeiner gleiten. Zweibeiner, die seine Anwesenheit kaum zu würdigen wussten. Zweibeiner, die sofort aufsprangen, als das kleine Wesen nebenan aufschrie.

Entschlossen versperrte Minki jedoch seinem Retter den Weg. Er mauzte ihn tadelnd an. Peitschte gereizt mit dem Schwanz. Verlangte nach der Aufmerksamkeit, die ihm sonst erneut verwehrt bleiben würde!

Und forderte so sein Frühstück ein.

Danach durfte der Zweibeiner sich gerne von seinen Ohren verabschieden gehen. Aber ein bisschen Ordnung würde Minki in diesem Haushalt schon noch zurückholen!

Minki und das größere Wesen

Das kleine Wesen blieb nicht lange klein.

Minki wollte es verfluchen! Der Kater hatte dem Geschöpf von Anfang an nicht über den Weg getraut. Es hatte ihn seit jeher besorgt. Er war von dem Winzling so sehr schikaniert worden! Seine Ohren wurden gepeinigt. Seine Nase wurde ausgeräuchert. Sein Schwanz wurde massakriert!

Und endlich wusste er auch, warum die Zweibeiner so nachsichtig mit dem mickrigen Ding waren. Es handelte sich um eine Baby-Zweibeinerin!

Eine ziemlich dumme Zweibeinerin, wohlgemerkt.

Der Kater sprang auf einen niedrigen eckigen Baum. Hier konnte ihn das nun größere Wesen nicht mehr erreichen. Hier war er noch sicher vor dessen Händen, die ständig nach ihm langten. Sicherlich würde die Frau seines Retters mit ihm schimpfen. Immerhin wollte sie nicht, dass er sich auf den eckigen Bäumen niederließ. Aber wenn Minki die Wahl zwischen ein paar bösen Worten und diesem winzigen Ungetüm von einem Zweibeiner hatte, dann brauchte er nicht lange zu hadern.

Forschend glitten seine Augen über den Kasten, in dem das größere Wesen hing. Die zwei Beine des Geschöpfs strampelten wild umher, während das Gerüst des Kastens den Körper aufrecht hielt. Die Arme des felllosen Wesens reichten kaum über die Gefängniszelle hinaus, in der es festhing. Dennoch streckte es sich fordernd nach dem Kater aus und gab dabei immer dieselben unklaren Mauzer von sich.

Minki fauchte.

Das größere Wesen lachte.

Entschlossen wandte er sich von dem Winzling ab, der nun bereits größer als der Kater war, und stolzierte über den eckigen

Baum. Er lauschte, wie er donnernd verfolgt wurde. Ständig knallte diese mickrige Zweibeinerin mit seinem Kasten gegen Wände und Möbel.

Für einen Augenblick blieb es an einer Teppichfalte hängen. Sofort keimten Hoffnungen in Minki auf. Er glaubte, dass er endlich Ruhe und Frieden geschenkt bekäme!

Viel zu schnell hatte es sich wieder befreit und setzte die Verfolgungsjagd fort.

Nahm das denn kein Ende? Was wollte dieses größere Wesen von ihm? Die alten Zweibeiner verfolgte es nicht so hartnäckig! Und warum gab es immer so komische Geräusche von sich? Das war ja zum Felle raufen!

Das größere Wesen krachte erneut gegen den eckigen Baum auf dem Minki stand. Dieses Mal war es heftiger gewesen. Dieses Mal hatte es seinen Kopf auf diesen bunten Kasten mit den Rädern geknallt. Dieses Mal hielt es inne.

Und Minki tat es ihm gleich.

Es schniefte leise. Schiefe Laute schlichen sich aus seinem verzogenen Mund. Die Hände ballten sich stur zusammen. Die Beine hielten endlich still. Die Augen-

Da! Da war es schon wieder! Es waren nur zwei Laute, die das größere Wesen über die Lippen bekam. Aber sie ähnelten denen, mit denen sein Retter ihn stets rief! Ja. Sie klangen diesen so ähnlich, dass es den Kater erschrak!

Vorsichtig tapste er näher und spitzte die Ohren.

Ja! Genau! Es versuchte, immer dasselbe zu mauzen! Es versuchte, ihn mit seinem Namen zu rufen! Es versuchte, *Minki* zu sagen!

Ein nie zuvor gekanntes Gefühl machte sich in dem Kater breit. Erneut näherte er sich dem größeren Wesen. Langsam. Er beschnupperte den Kopf, den er vom eckigen Baum aus viel leichter erreichen konnte. Dann leckte er einmal über das dünne helle Fell, das den Schopf bedeckte.

Die mickrige Zweibeinerin unterbrach ihre Mauzversuche. Stattdessen zog sie den Kopf ein und lachte. Sie blickte ihn an. Streckte die Arme nach ihm aus. Rief Minkis Namen. Ruderte mit den Händen umher.

Und der Kater sputete davon.

Mehr Zuneigung hatte er für den Tag nicht übrig. Vielleicht später. Vielleicht, wenn er diesem größeren Wesen mehr vertraute und nicht mehr befürchten musste, in dessen Mund zu landen.

Immerhin konnte es nun laufen.

Minki und das Versteckspiel

Es klingelte. Donnerte. Wurde lauter. Und noch lauter!

Minkis Ohren stellten sich spitz auf. Sein restlicher Körper verschmolz mit dem Sofa. Erst sah er zu seinem lächelnden Retter. Dann lauschte er den Schritten der Zweibeinerin. Die alte Felllose näherte sich der Wohnungstür. Sie klimperte mit den Metallstiften. Öffnete die Pforte zu seinem Reich.

Schon war das größere Wesen auch da.

Augenblicklich erstarrte der Kater. Er durfte sich nicht bewegen. Jede Bewegung würde Aufmerksamkeit auf ihn lenken. So würde ihn der mickrige Zweibeiner schneller finden. Dieses größere Wesen, das nichts Vernünftiges zu tun wusste, außer ihn zu suchen, zu jagen, zu-

Polternd stolperte es in den Raum. Es sah sich um. Fiel Minkis Retter um den Hals. Mauzte ihn an. Drückte ihn. Wandte sich wieder zum Gehen. Hielt an der Tür inne. Ging dann doch. Rief den Kater.

Erleichtert atmete er auf. Er lauschte, wie sich die anderen Zweibeiner unterhielten. Wahrscheinlich war die Tochter seines Retters auch gekommen. Diese Mutter des größeren Wesens, deren Auszug ein einziger Segen gewesen war. Ohne sie musste er sich nur noch um die alte Zweibeinerin sorgen. Eine Frau, die ihm vor Besuchern eh in Ruhe lie-

Krachend kam das größere Wesen zurück. Die Augen lagen auf dem Kater, noch ehe es durch die Tür stolperte. Ihr Blick hellte sich auf. Die Arme streckten sich in Minkis Richtu-

Eilig sprang er auf die Lehne des Sofas. Er beäugte die Hände des größeren Wesens, die hastig nach ihm winkten. Das Wesen mauzte etwas vor sich her. Immer dieselbe Silbe. Immer dieses „Ei, ei, ei".

Was sollte das sein? Ein Zauberspruch? Wieso nicht mehr

sein Name? Warum kein Schnurren oder Fauchen?

Und nun quietschte sie auch noch in diesem unsäglichen Tonfall!

Minki legte die Ohren an und hastete aus dem Zimmer. Eilig schlüpfte er nebenan unters Bett.

Wenige Minuten später hatte die mickrige Zweibeinerin ihn gefunden.

Minki hastete hinter den Sessel seines Retters.

Hier wurde er noch schneller entblößt.

Minki hechtete in die Nische.

Vergebens.

Überall fand ihn dieses größere, unsägliche Wesen.

Es war zum Verrücktwerden!

Erst mehrere Stunden später verabschiedete sich die mickrige Zweibeinerin mit ihrer Mutter endlich. Dennoch kam es Minki wie eine ganze Jahreszeit vor! Erschöpft blieb er mitten im Zimmer liegen und konnte kaum noch den Schwanz heben. Der Kater betrachtete die beiden Zweibeiner müde, die sich angeregt unterhielten.

Sein Retter und dessen Frau.

Hätte der Kater seufzen können, so hätte er es gewiss getan. Zu gern hätte er heute oder schon zuvor sein perfektes Versteck anvisiert allerdings … Dort hätte es ihn auf keinen Fall gefunden. Und immerhin schien das größere Wesen seinem Retter wichtig zu sein.

So liebevoll, wie er es begrüßt und verabschiedet hatte …

Da konnte der Kater auch über seinen Schatten springen und mit diesem komischen Ding spielen.

Dieser mickrigen Zweibeinerin.

Die ihm am Ende ja wenigstens ein Leckerli gegeben hatte.

Minki, die mickrige Zweibeinerin und das Netz

Obwohl Zweibeiner nicht schnell heranwuchsen, so kam es Minki dennoch so vor. Ach, wie vermisste er die Zeit, als dieses kleine Wesen einfach nur rumgelegen und geschrien hatte! Es hatte noch nicht laufen können – noch nicht auf seinen Schwanz treten können! Es war noch nicht schwankend durch die Wohnung getapst. Ja, manchmal rannte diese mickrige Zweibeinerin sogar! Und sie verschüttete stets irgendwelche Flüssigkeiten, die dann auf ihm landeten! Brrr…

Jedoch musste der Kater einsehen, dass nicht alles an diesem größeren Wesen schlecht war. So verwöhnte sie ihn regelmäßig mit mehreren Händen voll Leckerlies. Leckerlies, die Minki von den anderen Zweibeinern nicht mehr bekam.

Sobald sie sein Reich betrat, präsentierte er sich ihr also stets aus sicherer Entfernung. Er wusste, dass sie ihn dann streicheln wollte. Und er wusste, dass sie dafür nach Leckerlies fragen würde. Es war ein einstudiertes Spiel, mit dem er sich die köstlichen Krümel hart verdiente und zuvor sogar die Lage peilen konnte.

Denn wenn sie wieder ganz nass hereinkam, bekam ihn keine Vogelschar von den eckigen Bäumen herunter!

Umso mehr irritierte es ihn, als sie kam … und nicht einmal in Minkis Richtung blickte!

Nein! Stattdessen plapperte sie wild vor sich rum. Malte große Bögen in die Luft. Jaulte. Quengelte!

Bis sein Retter nachgab.

Kurz darauf rannte die mickrige Zweibeinerin mit einem ulkigen Ball aus der Stube. Er war … schief. Und dröselte sich auf? Nein. Sie dröselte ihn auf!

Irritiert beobachtete der Kater, wie sie das Ende an einer Türklinke anknotete.

Dann spielte sie Spinne.

Sie rannte durch den Flur und das kleine Schlafzimmer. An jedem Loch oder Knauf wurde die Schnur befestigt. So schuf sie ein riesiges Netz! Gewiss würde sich die Frau seines Retters aufregen, wenn sie daheim wäre. Minki selbst durfte ja nicht einmal in die Nähe dieser schiefen Bälle kommen! Aber in letzter Zeit war sie ja eh weniger Zuhause. Hatte sein Retter deswegen so bereitwillig nachgegeben?

Die mickrige Zweibeinerin mauzte wild vor sich hin und warf den schiefen Ball an dem Kater vorbei, sodass die Schnur über die Tür ging. Dann zog sie es unter dem Türspalt durch und straff.

Noch immer hatte sie ihn nicht angesehen.

Sich sicher fühlend schlich sich Minki an das Konstrukt heran. Er schnupperte an der Schnur. Stellte eine Pfote darauf ab. Nahm sie wieder runter.

Die Schnur schnellte nach oben!

Überrascht sprang der Kater zurück. Er sah zu der mickrigen Zweibeinerin herüber. Sie hatte nun Tücher aus einem eckigen Baum geholt. Unbeholfen warf sie die Stoffe über verschiedene Schnüre. Dann spann sie ihr Netz weiter.

Minki trat auf eines der Tücher zu. Es tanzte so sanft im Zugwind. Ja. Hier war ja das Fenster offen. Und so, wie das Netz gespannt war, konnte man die Türen nicht mehr schließen. Es war nur der Wind-

Dennoch erweckte er die Jagdinstinkte des Katers. Ehe er sich versah, sprang er die Stoffe und Schnüre an und spielte mit der mickrigen Zweibeinerin. Immer wieder mauzte sie so plappernd. Als ob er sie verstehen könnte! Ha!

Dennoch konnten sie gemeinsam Spaß haben.

Schnurrend versteckte sich der Kater zwischen den Tüchern. Er beobachtete, wie die mickrige Zweibeinerin seinen Retter holte, um ihr Kunstwerk zu präsentieren. Dieser lachte gutmütig und versuchte, sich durch das Netz zu winden.

Er schaffte es nicht.

So albern hatte sich sein Retter schon lange nicht mehr angestellt! Tat er nur so oder steckte er wirklich fest?

Minki schob den Kopf aus dem Versteck und schmierte mit dem alten Mann, der nun noch lauter lachte.

Vor allem, als die mickrige Zweibeinerin ihn abkitzelte!

Nun gut. Vielleicht war sie doch ein wenig mehr wert, als nur Leckerlies zu spendieren.

Damit sprang der Kater erneut eines der Tücher an und zerrte es auf das Gesicht seines Retters.

Er hatte Gefallen am Spiel gefunden.

Minki und das Aufräumen

So lange hatte der Kater noch nie mit den Zweibeinern gespielt! Das gespannte Netz und die darüber geworfenen Tücher waren eine ulkige Idee gewesen. Eine, die nicht nur ihm zu gefallen schien. Denn obwohl sein Retter mehrmals flüchtete, so kam er stets lachend zurück.

Erst als die alte Zweibeinerin heimkehrte, fand der Spaß ein rasantes Ende.

Wütend beschimpfte sie alle. Sie deutete auf die Schnüre. Auf seinen Retter. Auf die mickrige Zweibeinerin. Hielt Tücher hoch. Zeigte ihnen die Löcher darin. Krallenabdrücke, die beim Spielen ihren Weg hinein gefunden hatten.

Minki jaulte kläglich auf.

Musste sie so laut sein?

Doch gab sie erst Ruhe, als seine Spielkameraden mit dem Aufräumen begannen. Tuch um Tuch, Schnur um Schnur, entknoteten sie das Kunstwerk, das ihnen so viel Freude bereitet hatte.

Der Kater konnte es nicht fassen! Wieso bauten sie es schon wieder ab? Sollte die alte Zweibeinerin sie doch in Ruhe lassen! Sie hatten hier ihren Spaß gehabt! Er wollte es noch nicht enden lassen! *Nein!*

Eilig sprang er auf ein Tuch, ehe sein Retter es aufheben konnte. Grimmig suchte er den Blick des Felllosen. Er mauzte fordernd. Präsentierte seine Entschlossenheit. Seine Sturheit!

Allerdings seufzte dieser nur. Er setzte Minki beiseite, um-

Wieder sprang der Kater auf das Tuch.

Sein Retter knurrte etwas. Er deutete auf den Teppich. Mauzte, in diesen fremdartigen Tönen. Griff nach dem nächsten Tuch-

Eilig legte der Kater eine Pfote darauf.

Nun schien der Zweibeiner zu verstehen. Doch statt zu schimpfen, nahm er es mit Humor. Er lachte. Rief nach der mickrigen Zweibeinerin. Deutete auf ihn-

-damit sie Minki freudig in die Arme schloss.

Mist.

Während sie ihn quietschend festhielt, las sein Retter drei Tücher auf einmal auf und stopfte sie ganz oben in einen eckigen Baum. Er legte alle beiseite. Lachte. Verschloss das Möbelstück wieder. Hielt inne.

Eilig befreite sich der Kater aus dem Klammergriff und sprang aufs Bett. Er beschwerte sich kläglich. Das Aufräumen gefiel ihm nicht. Wieso musste ihr schöner Spielplatz zerstört werden? Sie hatten ihn doch gerade erst gebaut! Warum mischte sich diese alte Zweibeinerin überhaupt in ihr Spiel ein? Sie war eh nicht da gewesen!

Es war so unfair.

Selbst die mickrige Zweibeinerin zeigte auf ihn und gab hohe Klagelaute von sich. Sie hantierte mit den Pfoten rum. Malte große Kreise in die Luft. Ahmte eine Katze nach. Alberte so wirr herum, dass Minki am liebsten gelacht hätte!

Sein Retter zog nachdenklich an einer Schnur des Netzes, ehe er in den Flur verschwand.

Fragend blickte der Kater die mickrige Zweibeinerin an. Nur schien diese auch nicht mehr zu wissen. Sollte noch aufgeräumt werden? Oder durften sie den Rest so lassen? Gewiss wäre es besser, wenn er sie ablenkte. Nicht, dass sie von sich aus mit der Zerstörung ihres Spielplatzes fortführen wollte! Er musste dieses Kunstwerk beschützen und-

Schnipp!

Unter lautstarkem Protest fiel das Netz in sich zusammen. Sein Retter hatte einen der Hauptstränge zerschnitten! Einfach so! Wie konnte er nu-

Schnapp!

Ein weiterer Teil fiel zu Boden und entsetzt musste der Kater fauchen, als die Schnüre auf seinem Rücken landeten. Auch das größere Wesen bekam etwas ab. Jedoch weinte sie nicht …

Lachte sie?

Mit den Armen wedelnd zog sie mehrere Schnüre hinter sich her. Wie verrückt es aussah! Als hätte sie viel zu lange Haare! Tanzend verfolgten sie die ganzen Fäden und-

Ehe er sich versah, wackelte Minki mit dem Hintern und sprang ihr hinterher. Verspielt jagte er die quietschende Zweibeinerin, die belustigt nach nebenan floh. Die Schnüre waren seine neue Beute, sie seine Spielkameradin, der zerstörte Spielplatz unwichtig.

Viel amüsierender war das Fangenspiel durch die restliche Wohnung! Hier konnten sie durch die Küche eilen, durch die Stube. Ja! Selbst vor dem Bad machten sie nicht halt!

Sehr zum Missmut der alten Zweibeinerin.

Minki und der Umzug

Seit Wochen schon waren seine Zweibeiner … anders. Sie eilten umher. Packten Dinge in Kisten. Stapelten diese Kisten. Verschwanden. Kamen wieder. Nahmen die eckigen Bäume auseinander. Stellten die Wände der Bäume fein säuberlich zusammen. Gingen wieder. Kehrten mit mehr Kisten zurück.

Kisten über Kisten über Kisten.

Für Minki war es das reinste Paradies!

Zufrieden mit den neuen Klettermöglichkeiten ignorierte er sogar ihr ulkiges Verhalten. Denn so wichtig konnte es schon nicht sein. Immerhin schienen sie es ja nicht für nötig zu halten, ihn einzuweihen. Wahrscheinlich war es nur eine Phase der Zweibeiner. Nicht weiter tragisch.

Er bekam wie gewohnt Essen. Er konnte sich wie gewohnt in der Sonne aalen. Er schlief wie gewohnt auf dem Bett seines Retters – bis die Zweibeinerin ihn mal wieder runterwarf.

Und dann kamen die ungehobelten Besucher, die Minkis Schlafplätze wegtrugen!

Beleidigt rannte der Kater zu seinem Retter und beschwerte sich. Das war nicht in Ordnung! Außerdem nahmen ihm die Zweibeiner seine schönen Kletterkisten weg! Er hatte sich gerade an sie gewöhnt. Was dachten sie sich dabei?!

Aber sein Retter streichelte ihn nur beschwichtigend und mauzte in dieser komischen Sprache. Als ob er das Problem nicht sähe!

Was sollte das?!

Minki verlangte sein Königreich zurück! Es war seines! Seines! Wie konnten diese felllosen Kuriositäten es wagen? Wie konnten sie es gar in Erwägung ziehen, sein Eigentum wegzubringen? Es war in seinem Geruch getränkt! Wieso hielt sie niemand auf? Wieso half sein Retter ihnen sogar?!

Und dann sperrte ihn die Frau seines Retters in eine der vielen Kisten.

Ja, eine Kiste. Nicht sein toller Korb, mit dem er sonst ins Paradies ritt. Es war eine unbequeme Kiste! Lieblos lag eine zusammengeknüllte Decke in der Mitte. Diese stank nach Staub. Und nach fremden Zweibeinern. Ein paar Löcher zierten die Seiten und den Deckel der Kiste. Groß genug, dass der Kater hindurch sehen konnte.

Klein genug, dass nicht einmal seine Pfote die Freiheit kosten konnte.

Jaulend drehte er sich im Kreis. Es wackelte. Es bebte. Dann brummte etwas. War er in einem Auto? Fuhren sie doch ins Paradies? Nein. Dieses hier klang anders. Tiefer.

Er mochte es nicht.

Erst mehrere Stunden später wurde seinem flehenden Jaulen geantwortet. Endlich öffnete sein Retter die Kiste. Eine Hand hielt er ihm zum Schnuppern hin, die andere stellte ihm eine Schale voll Milch in das Pappgefängnis.

Nun gut. Zumindest wusste der Zweibeiner sich bei ihm zu entschuldigen. Hoffentlich bekäme der Kater nun seine Ruhe. Er hatte sie sich verdient! Das war das Minde-

Irritiert blickte er sich um. Hier standen zwar all ihre eckigen Bäume herum … Da das große Sofa, der Sessel, die Stühle … Aber … Sie waren alle so falsch angeordnet! Und … Dieser Ort selbst …

Vorsichtig kostete er die Luft.

Ja. Dieser Ort war anders. Er roch nicht mehr so intensiv nach seinem Retter und dessen Frau. Hier war der Geruch so schwach. So … falsch? Ja. Der Geruch hier war falsch. Hier fehlte die Vertrautheit. Die Heimat!

Jaulend verkroch Minki sich in der Kiste.

Sie mussten zurück! Zurück nach Hause! Das hier war falsch.

Falsch. Falsch!

Doch sein Retter streichelte ihm nur sanft den Rücken. Er mauzte irgendetwas viel zu ruhig. Ja! Sein ruhiger Tonfall wirkte noch viel falscher an diesem Ort!

Alles war falsch.

So falsch.

Falsch …

Dann ließ sein Retter von ihm ab und ging nach nebenan zu den anderen Stimmen.

Minki verharrte in der Kiste.

Er wollte wieder nach Hause!

Minki und die neue Wohnung

Einmal hatte sich der Kater hinaus getraut, um den neuen Ort zu begutachten. Er hatte flitzen müssen. Damit die Zweibeiner ihn nicht bemerkten.

Wie sonst hätte er nach einem passenden Fluchtweg suchen können?

Dieser Ort hier war ... kleiner. Die Fenster wirkten tiefer. Gerader? Weniger wellig? Und es gab keine Dachterrasse. Nur einen schmalen Balkon! Außerdem konnte der Kater hier nicht im Kreis rennen. Nicht so, wie in seinem richtigen Königreich, wo die Räume alle miteinander verbunden gewesen waren! Alles stand woanders. Die zerrissenen eckigen Bäume, die Kisten, das Sofa ... Und dazwischen liefen die Fellosen herum. Sie sprachen durcheinander. Trugen Sachen umher. Entblößten ihn beinahe auf dem Rückweg zu seiner Kiste!

Minki mochte es nicht.

Mauzend rief er seinen Retter zu sich. Damit dieser die Kiste mit ihm endlich auflas und diesen Höllenort verließ! Er wollte nach Hause. In sein Königreich! Der Kater klagte mit der zärtlichsten Stimme, die er aufbringen konnte. Er wurde immer trauriger. Immer verzweifelter!

Sein Retter schaute jedoch nur kurz zu ihm herüber und schüttelte den Kopf. Er entgegnete etwas in dieser ruhigen Stimme – ohne dabei von dem eckigen Baum abzulassen, den er mühevoll wieder zusammensetzte.

Es war ein vertrauter eckiger Baum. Ein kleinerer, der hier fast gegen die Decke schabte! Würden sie wirklich hierbleiben? Waren deswegen all die Möbel hier? Aber wo waren die großen? Minkis persönliche Kletterschätze? Stets hatte er sie als Selbstverständlichkeit seines Königreichs betrachtet. Doch nun? Nun, da sie nicht mehr da waren?

Vielleicht konnten die Zweibeiner ja die Räume ein wenig aushöhlen, damit sie reinpassten? Oder vielleicht war auf dem Balkon mehr Platz? Er hoffte inständig, dass sie sich eine Lösung einfallen ließen!

Trostlos plumpste er auf die Decke. So sehr er die Pappkiste auch verachtete, hier hatte er zumindest seine Ruhe! Sein Blick fiel auf die Milch. Er schnupperte. Rümpfte die Nase.

Blutzoll war das!

Glaubte sein Retter wirklich, dass er daran nippen würde? Ja, Milch war lecker. Aber nach dieser Tortur – nachdem man ihn einfach aus seinem Königreich gerissen hatte? Er hatte ja nicht einmal ein Katzenklo hier!

Ein tiefes Dröhnen knurrte durch die Wände.

Erschrocken kauerte sich der Kater zusammen und legte die Ohren an. Er wusste nicht, wie oft ihn dieses Knurren bereits geplagt hatte. Oder wie oft es ihn noch peinigen würde! Es hatte vorhin durch diese neue Wohnung geheult. Unaufhaltsam hatte es ihn zermalmt. Es hatte ihn zusammengedrückt. Zerdrückt. Malträtiert!

Deswegen hatte er nach einem Fluchtweg gesucht.

Stattdessen war Minki über den Ursprung des Dröhnens gestolpert. Über diesen Zweibeiner, der einst seine Ohren mit einem glänzenden Stock gepeinigt hatte. Der nun immer wieder eine Gummischnur in die Wand steckte. Der dann dieses komische Ding nahm und-

BRUMMMMMM!

Minki machte sich noch kleiner. Das Geräusch war lauter geworden. Es bebte. Es ließ seinen Körper erzittern. Es-

Es stoppte.

Erleichtert atmete der Kater auf. Er brauchte einen Moment, um sich zu sammeln. Für einen Augenblick zählte er schon ein Leben weniger. Dann kickten die Überlebensinstinkte ein.

Ruckartig sprintete Minki in die gegenüberliegende Ecke des Zimmers und verkroch sich hinter einer Wand aus Kartons. Es war eigentlich nur eine schmale Lücke, doch er schob sich dennoch dort hinein. Er musste!

Es ging um Leben und Tod.

Erschöpft dachte der Kater an ihre alte Wohnung zurück. Er wollte dahin zurück. Er wollte zurück nach Hause! Er wollte zurück zu seinem perfekten Versteck. Er wollte auf seine Dachterrasse. Er wollte so sehr zurück, dass er sogar die nervige Zweibeinerin akzeptieren würde, wenn sie wieder einziehen würde!

Hauptsache er kam hier weg.

Es raschelte und plötzlich blickte sein Retter auf ihn herab. Beruhigend mauzte er. Er mauzte und mauzte und mauzte immer weiter auf ihn ein.

Dann streichelte er den verängstigten Kater.

Und obwohl Minki kein Wort verstanden hatte, schmiegte er sich dankbar in die Hand.

Wenigstens hatte er seinen Retter.

Minki und die Kuckucksuhr

Jeden Tag entschloss Minki aufs Neue, dass er die neue Wohnung nicht mochte. Sie war so klein! Außerdem gab es weniger Zimmer und die Zimmer, die es gab, wirkten alle so voll. Platz war Mangelware geworden! Und am schlimmsten: Wenn Minki seine fünf Minuten bekam, so konnte er sich kaum austoben! Denn im Nu war der Kater durch die ganze Wohnung geflitzt. Dann musste er umdrehen. Umdrehen, um in die andere Richtung zu rennen? Was für eine Verschwendung!

Er vermisste seinen Kreis aus Räumen …

Allerdings war der fehlende Platz kaum der Rede wert, wenn Minki an sein anderes Problem dachte. Denn hier waren alle Geräusche um ein Vielfaches lauter. Sobald irgendjemand den Schlüssel ins Schloss steckte, bekam der Kater es mit. Er hörte, wie sich die Zweibeiner erleichterten. Er hörte, wie die Frau seines Retters sich auf dem Balkon unterhielt. Er hörte, wie sich die Nachbarn stritten, wenn deren Essen anbrannte!

Nie hatte der Kater seine Ruhe …

Vor allem nun, wo er das Ticken in der ganzen Wohnung hörte. Das Ticken und das Geschrei …

Langsam schaute Minki zu dem Kasten auf, der an der Stubenwand hing.

Die Geräusche entsprangen einem kleinen Haus. Einem Haus mit einem winkenden Kiefernzweig, der im Rhythmus des stetigen Tick-Tack durch die Luft wippte. Das hatte er auch zu akzeptieren gelernt.

Aber das quietschende Etwas?

Das war ein anderes Thema.

Der Kater hatte die ersten Tage versucht, sich in den anderen Räumen zu verschanzen. Er hatte sich im Bett seines Retters verkrochen und wurde von dessen Frau aus dem Zimmer geworfen. Er hatte versucht, sich im Zimmer daneben hinter das kleine Sofa zu quetschen, doch hatte sie ihn dort auch rausgezerrt. Er hatte versucht, sich im Bad zu verkriechen, aber der ständige Besuch der Zweibeiner und all das Wasser dort hatten ihn erneut vergrault.

Und so war Minki mutig zum Ort seiner Pein geschritten und beäugte das tickende Häuschen über dem Thron seines Retters misstrauisch.

Er hatte noch nicht herausgefunden, warum dieses Ding immer wieder so qualvoll ausschrie. Sobald er die schrillen Töne vernahm, verkroch er sich lieber hastig und wartete auf die baldige Erlösung!

Aber nicht heute. Heute wollte er den Ursprung der Pein mit eigenen Augen sehen. Er wollte ihn offenlegen. Ihn beseitigen!

Mürrisch betrachtete Minki den winkenden Kiefernzweig. Es war kein richtiger Kiefernzweig. So viel wusste der Kater. Er hatte ihn mal in die Pfoten bekommen und gespürt, dass dieser kalt war. Kalt und starr und gruselig.

Es erschien ihm wie ein böses Omen, das eine bevorstehende Ohrpein ankündigte.

Das Pendel tickte lauter und augenblicklich spannte sich der Kater an. Seine Augen verengten sich zu Schlitzen. Er presste den Kopf auf seine Pfoten. Schob die Hinterläufe unter seinen Bauch. Sein Schwanz zuckte. Gleich würd-

Mit großen Augen betrachtete er den Vogel, der aus dem tickenden Gerät sprang. Schrill schrie er auf. Seine Flügel flatterten. Dann verschwand er wieder im Kasten.

Er sprang schreiend raus.

Und verschwand.

Er sprang schreiend raus.

Und verschwand.

Er sprang schrei-

Ungläubig mauzte der Kater auf.

Als hätte sich der Vogel vor Minki erschrocken, blieb er nun in seinem tickenden Häuschen sitzen. Die Tür knallte hinter ihm zu. Klickte.

Nur der tickende Kiefernzweig blieb zurück.

Das … das hatte er nicht erwartet. Schrie der Vogel etwa so kläglich, weil er in diesem Kasten gefangen war? Das Häuschen wirkte ja alles andere als groß!

Beinahe mitleidig putzte Minki sich die Schnauze.

Vielleicht sollte er den Vogel auf seine Speisekarte packen, um ihn aus seinem Elend zu befreien? Immerhin schien er darin allein zu sein. Und in die Wohnung kämen die restlichen Flatterviecher schon nicht, oder? Ja. Das wäre nur fair! Damit wäre der Vogel auch von seinem Gefängnis erlöst. Und Minki?

Minki bekäme einen Leckerbissen.

**

Unnachgiebig starrte der Kater auf das Häuschen. Kein Ticken, kein Surren entging ihm. Er war sogar so vertieft in den stetigen Rhythmus, dass er nichts anderes mehr wahrnahm. Dass er auf nichts anderes mehr achtete …

Er musste diesen Vogel fang-

Erschrocken sprang der Kater auf, als plötzlich die Hand seines Retters auftauchte. Sie war aus dem Nichts gekommen. Hatte ihn liebevoll gestreichelt. Hatte ihm jede Konzentration geraubt!

Minki legte seine ganze Empörung in einen gedehnten Mauzer und sogleich lachte der Zweibeiner auf. Ein vertrautes Wort fiel.

Sofort sprang der Kater auf und folgte seinem Retter.

Es ging um Fressen!

Ungeduldig schlängelte sich Minki um die Beine, während er auf seinen Retter wartete. Er hatte gar nicht mitbekommen, wie hungrig er bereits war. Also, hungriger als sonst. Denn eigentlich war er ja immerzu hungrig!

Der Felllose stellte ihm seine Schale hin und genüsslich machte sich der Kater darüber her. Er ließ keinen Krümel zurück. Verputzte alles, als würde er direkt danach fasten. Leckte jeden Tropfen Soße au-

Ein Schrei.

Nein. Nein. Nein. Nein! Zu früh! Zu FRÜH!

Hastig glitt seine Zunge ein letztes Mal über das Porzellan, ehe er in die Stube rannte.

Der zweite Schrei.

Jaulend sprang Minki den Thron seines Retters an. Im Flug erblickte er den Zweibeiner darin. Drehte sich, um nicht die Krallen in den Felllosen zu schlagen. Knallte auf den Boden!

Der dritte Schrei.

Kopfschütteln. Eilig flitzte er an seinem Retter vorbei die Armlehne hoch!

Der vierte Schrei.

Endlich war der Kater oben angekommen. Direkt unter dem Häuschen. Er musste nur die Pfote ausstrecken und-

Der fünfte-

-zuschnap-

-Schrei.

Eine Hand fuhr dazwischen.

-pen.

Mit weit aufgerissenen Augen starrte Minki auf die Finger des Zweibeiners, die sich zwischen ihm und dem Häuschen befanden. Seine Zähne hatten sich in das Fleisch gebohrt. Nicht doll. Immerhin hatte er noch rechtzeitig die Bewegung des Felllosen bemerkt.

Dennoch schmeckte er Blut.

Vorsichtig ließ Minki von ihm ab und leckte die Wunde.

Sein Retter lachte gutmütig.

Der Scham kroch dem Kater in die Knochen. Er wandte den Blick ab. Fühlte sich schäbig. Dreckig. Undankbar!

Von all den Wesen dieser Welt bedeutete ihm sein Retter am meisten. Ihn wollte er niemals verwundet sehen. Ihn hatte er ins Herz geschlossen. Für ihn hatte er sich mit der mickrigen Zweibeinerin angefreundet!

Und nun hatte er diesen verletzt …

Eine Hand strich über seinen Kopf.

Minki blickte nicht auf.

Lieber sprang er unter den Tisch und rollte sich zusammen. Er wollte in Selbstmitleid versinken. Er wollte-

Knarren. Tocken. Etwas klirrte.

Neugierig blickte er hervor und beobachtete, wie sein Retter das Häuschen von der Wand nahm. Er holte einige komische Stöcker von nebenan. Steckte sie in das Häuschen. Hantierte damit herum-

-und kniete sich kurz danach zu Minki runter, um ihn den kläglichen Vogel zu zeigen.

Er war aus Holz.

Verständnislos beschnupperte der Kater ihn. Wie konnte das sein? Er schrie doch ständig auf! Wie konnte er nicht echt sein? Welches Hexenwerk war das?!

Lachend baute sein Retter den Vogel wieder im Kasten ein und obwohl das Holztier fortan immer noch zu jeder Stunde hinaus schaute, so schrie er nimmermehr auf.

Der Spuk hatte ein Ende.

Minki und der Nachbar

Es dauerte seine Zeit, bis unser Kater den Umzug verstehen konnte. Am liebsten wollte er fort. Zurück. Aber nachdem die anderen Zweibeiner endlich gegangen waren und die neue Wohnung ruhiger wurde, war es in Ordnung.

Ein wenig.

Dennoch schmiegte sich Minki regelmäßig an seinen Retter. Er erzählte von seiner Pein, von ihrem Verlust. Noch immer wollte er hier weg! Er wollte zurück in die richtige Wohnung. Oder in dieses Paradies von einem Garten! Er wollte nicht hierbleiben. Nein.

Hier war alles komisch.

Die eckigen Bäume und Polster rochen zwar vertraut, doch da hörte es auch schon auf. Sie waren so anders angeordnet. Die Zimmer bildeten keinen Kreis mehr, durch den er durch hetzen konnte. Alles war kleiner. Enger. Geräumiger.

Außerdem fehlten die tickenden Bäume! Zuerst war es ihm nicht aufgefallen, aber nun? Wo die Stille einkehrte?

Der Kater jaulte noch kläglicher und diesmal schenkte ihm sein Retter ein nebensächliches Tätscheln, ehe er sich über ein Brett mit komischen Steinen beugte.

Die eine Hälfte davon war weiß. Die andere schwarz. Das Brett selber wechselte abwechselnd zwischen hell und dunkel. Als könne es sich nicht entscheiden! Ein ulkiges Ding ...

Beleidigt wandte Minki sich ab. Er überlegte, ob er das Brett runterreißen sollte, entschied sich jedoch dagegen. Nein. Er war zwar genervt und frustriert, aber er würde diese Gefühle nicht an seinem Retter auslassen!

Stattdessen suchte der Kater den einzigen Ort in ihrem neuen Heim auf, den er akzeptieren konnte.

Das war der Balkon. Hier konnte Minki die Vögel hören,

ohne sie sehen zu müssen. Es war warm. Die Sonne schien auf sein schönes Fell. Es tat gut, sich hier zu aalen. Hier konnte er zumindest kurzzeitig seine Sorgen vergessen.

Schwerfälliges Atmen.

Er rollte sich über den Teppich, der den Balkon verzierte und genoss die Sonne in vollen Zügen. Es war zwar nicht perfekt, aber es half, den Stress abzubauen.

Hecheln.

Minki beäugte das Holz neben seinem Kopf. Das Geländer. Er konnte sogar durch die Lücken gucken! Da unten standen mehrere Bäume. Die Äste ragten neben ihm in den Himmel. Leider waren sie zu weit vom Balkon entfernt … Wenn er nicht so weit oben wohnte, könnte er gewi-

Bellen.

Erschrocken sprang der Kater hoch. Sein Schwanz plusterte sich auf. Er fauchte. Krümmte den Rücken. Kauerte sich zum Sprung bereit hin und-

Starrte auf ein langes Gesicht, das ihn hinter einem weiteren Geländer beobachtete. Dieses Geländer war seitlich von ihm angebracht. Der Kater konnte dahinter einen weiteren Balkon ausmachen. Einen Balkon mit Stühlen, einem Tisch, Pflanzen und einer Tür. Genau wie die, aus der er gekommen war!

Er kostete die Luft.

Das lange Wesen wedelte mit seinem Schwanz.

Es bellte erneut.

Diesmal zuckte Minki nicht zusammen.

Stolz über seine ruhige Haltung, schob sich Minki näher.

Sein Nachbar hechelte. Dann bellte er wieder. Hecheln. Hüpfen. Und schließlich neigte er sein Haupt zur Erde.

Der Kater ließ sich vornehm vor seinem Nachbarn nieder. Er setzte sich so hin, dass er sich gerade außerhalb der Reichweite des langen Wesens befand. Aber nah genug, damit er ihm zügig eine überbraten konnte, falls er sich wehren musste.

Dann mauzte er.

Es war ein kurzes und knappes Mauzen gewesen. Jedoch schien sein Nachbar sehnsüchtig auf diese Antwort gewartet zu haben. Überglücklich sprang er gegen das Geländer. Er bellte lauter. Aufgeregter. Glücklicher!

Doch passte sein Kopf trotz aller Vorfreude nicht durch die Lücke. Er konnte Minki nicht besuchen. Er konnte ihn nicht umrennen oder gar ablecken. Zum Glück!

Entspannt lehnte sich der Kater zurück und genoss die Show.

Minki und die Balkontür

Mauzend kratzte er an der Tür nach draußen, nur ging keiner der Zweibeiner auf sein Betteln ein! Nun gut. Minki musste schon zugeben, dass dieses *Draußen* vielleicht nicht richtig *draußen* war. Es war nur ein winziges Draußen. Aber es war eben sein Draußen. Sein ganz persönliches Draußen! Es war ein Sonnenbad-Draußen. Ein Weg-von-der-Zweibeinerin-Draußen. Ein Rückzugs-Draußen.

Dennoch saßen die Felllosen bloß auf ihren Hintern und starrten in den Flimmerkasten, statt ihm zu helfen. Hallo? Sie mussten doch nur die Balkontür öffnen! So schwer war das nicht. Konnte den niemand sich erbarmen und ihm ein bisschen Freude in der neuen Wohnung vergönnen?!

Empört stolzierte der Kater vor ihnen lang. Er mauzte erneut. Lauter. Kläglicher.

Die Frau seines Retters zischte ihn an. Das tat sie immer, wenn er Ruhe geben sollte. Dabei wandte sie ihm nicht einmal den Blick zu! Ihre Augen klebten lieber an dem Flimmerkasten. Genauso, wie er sonst ihr Essen begutachtete.

Jedoch bekam er für sein Verhalten Ärger.

Sie nicht.

Die Welt war ungerecht.

Erschöpft ließ er sich vor der Balkontür fallen und jaulte nochmal. Diesmal in die Richtung seines Retters. Er war der einzige, auf den Minki sich sonst verlassen konnte. Er war der einzige, der sogar nachts aufstand, um ihn zu füttern.

Und er war der einzige, der sich träge erhob, um den Wunsch des Katers zu erfüllen.

Sofort schlüpfte Minki durch den neuen Spalt in die eingezäunte Freiheit. Er gestattete es seinem Retter sogar, die Öffnung wieder zu verschließen.

Wenn er die Sonne eben nicht genießen woll-

Der Wind zerrte an seinem Fell. Er zerzauste es. Und er war kalt. Zum Zittern kalt! Sofort stellten sich Minkis Haare auf, um die Wärme einzufangen. Der Kater krallte sich im Boden fest, auf dem er sich gestern noch so schön gesonnt hatte.

Aber nun?

Jaulend drehte er sich um. Er schabte an der Balkontür. Jaulte noch kläglicher. Noch verletzter. Noch einsamer als je zuvor! Bitte, bitte! Irgendjemand musste ihn wieder reinlassen! Hier draußen herrschte die Hölle. Die Hölle!

Alsbald öffnete sein Retter die Pforte und eilig sprang Minki hindurch. Er rollte sich neben dem Tisch zusammen. Nicht ganz darunter. Nur so, dass er geschützt blieb. So fiel es ihm leichter, fassungslos auf seinen Zweibeiner zu starren und weiter seine Empörung zu verkünden.

Wieso hatte ihn der Felllose nicht gewarnt?! Wo war die Sonne gewesen? Wo hatte er sie versteckt?! Oder … Hatte er ihm die falsche Tür geöffnet? Genau! Das musste es sein! Sonst war *Minkis Draußen* nicht so gewalttätig! Es war schöner. Nein. Wundervoller!

Schaudernd putzte er sein Fell, um sich zu sammeln. Er blickte zum Balkon zurück. Dann zu den Zweibeinern.

Jaulend hockte er sich wieder vor die Tür. Vor sein Draußen! Er sah zu seinem Retter. Schaute ihn noch hilfloser und vor allem flehender an, als er es je gewagt hatte. Er musste ihm immerhin klarmachen, dass dieser das richtige Draußen öffnen sollte! Das Katzen-Draußen!

Nach dem dritten Mauzer stand sein Retter auf und öffnete erneut die Balkontür. Jene Tür, die Minki zuvor als die richtige ausgemacht hatte. Jene Tür, die sonst in sein Draußen führte!

Nur entpuppte sich dahinter wieder derselbe Herbststurm.

Noch ehe sein Retter die Tür schließen konnte, sprang der

Kater zurück in die Wohnung. Er schüttelte sich. Putzte sein Fell. Dachte über die zerrenden Winde nach. Über die Kälte!

Das war nicht sein Draußen gewesen! Was wollte sein Retter für Spiele mit ihm treiben? Fortan würde er den Zweibeiner so oft diese Tür öffnen lassen, bis das richtige Draußen erschien.

Minkis Draußen!

Minki und das Vogelhaus

Dass die alte Zweibeinerin komische Dinge tat, war nichts Ungewöhnliches. Es war gang und gäbe, dass Minkis Retter sie mit ihrem Unfug gewähren ließ. Deswegen hingen im Frühjahr auch immer diese bunten Eier an den eckigen Bäumen. Manchmal setzte sie noch schiefe Hasenfiguren daneben. Aber in diesem Frühling ...

Neugierig beobachtete der Kater, wie die Felllose das kleine Häuschen zusammenbaute. Sie hatte es mit auf den Balkon genommen und schien sich nicht entscheiden zu können, wo es denn nun stehen sollte. Lieber auf dem Tisch? Oder doch im Blumenkasten? Wie wäre es mit dem Fensterbrett?

Als ob es nicht schon verrückt genug war, so einen winzigen Schuppen aufzustellen! Da passte ja keine Katze rein – geschweige denn ein Zweibeiner. War das wieder so eine ulkige Dekoration? Wie der Baum, der im Winter in die Stube stand? Oder wie die stinkenden Blumen, die im Wasserbad den Tisch schmücken mussten?

Gähnend rollte sich Minki auf die Seite.

Warum bemühte er sich überhaupt noch, diese komische Frau zu verstehen? Seine Zeit war zu kostbar, um sie mit dieser Verrückten zu verschwen-

Knistern.

Sofort spannten sich die Ohren des Katers an. Er reckte sie nach hinten. In die Richtung des Geräuschs.

Würde es sich lohnen, aufzustehen? Waren das Leckerlies? Ja. Er glaubte. Aber er musste sich erst versichern. Er musste ganz sicher sein! So sehr er sich auch schon die Lippen lecken wollte, er durfte keine Schwäche zeigen! Er musste ihr weiß machen, dass *er* sich zu *ihr* herabbemühte, um ihre schwachen Hände von den schweren Leckerbissen zu befreien. Auf keinen

Fall sollte sie denken, dass er die braunen Kugeln haben *wollte*.

Rascheln. Knistern.

Kein Rufen.

Unruhig reckte Minki die Ohren.

Wieso rief sie ihn nicht? Das tat sie doch sonst immer! Waren es doch keine Leckerlies? Aber … Nein! Er kannte das Geräusch! Dieses leise Tack-tack, das die braunen Kugeln immer machten, wenn sie gegeneinander stießen! Das … Was sollte das?! Das war *sein* Futter! Wie konnte sie es in die Hände nehmen und ihn *nicht* rufen?!

Knistern.

Rascheln.

Schritte.

Stille.

Einen Moment blieb der Kate verdutzt liegen. Sein Schwanz zuckte genervt. Er wollte fordernd jaulen. Aufspringen!

Stattdessen drehte er sich vorsichtig um und begutachtete den Balkon.

Die Frau seines Retters war reingegangen. Zusammen mit *seiner* Tüte! Sie hatte *seine* Leckerlies wieder reingebracht! Einfach so! Was fiel dieser Felllosen eigentlich ein?!

Mit loderndem Zorn in der Brust erhob Minki sich und sprang auf den Tisch.

Hier hatte sie gestanden. Hier hatte er seine Leckerbissen gehört. Genau hier! Das waren *seine* gewesen! Was hatte sie damit gemacht? Hatte die alte Zweibeinerin sie selbst gegessen? Wie konnte sie nur! Wie-

Sein Blick huschte über das kleine Häuschen. Darin erkannte er einige Formen. Einige Kugeln, die … Moment.

Irritiert hielt er inne. Er schaute durch die Balkontür nach drinnen. Sah die Felllose nicht. Wusste, dass sie ihn nicht stören würde. Reckte die Nase an die Öffnung.

Schnupperte.

Da lag etwas drin. Kleine, runde Murmeln. Sie sahen fast so aus, wie seine Leckerlies! Also manche. Andere ähnelten eher kleinen Steinen. Oder diesen Körnern, die seinem Retter immer wieder aus dem Brot fielen. Und der Geruch …

Lecker war der nicht.

Mit gerümpfter Nase zog Minki den Kopf zurück. Das wollte er sich nicht zu lange antun. Lieber begutachtete er die Seiten des winzigen Gebäudes. Diese bepinselten Bilder, die die alte Zweibeinerin dort hinterlassen hatte.

Angemalte Blumen und Eier. Hasen. Fenster.

Aus einem guckte ein Vogel hinaus.

Unwillkürlich sah der Kater erneut hinein. Doch in dem kahlen Innenleben befanden sich nur die komischen Krümel.

Kein Flattervieh.

Erleichtert schüttelte sich Minki und eilte in die Stube. Irgendwie war ihm die Lust aufs Sonnen vergangen. Denn neben so einem gruseligen Häuschen wollte er nicht die Augen schließen. Er hatte sich gerade erst an das von seinem Retter gewöhnt! Und das einzig, weil es drinnen eigentlich keine Flatterviecher gab.

Doch draußen sähe der Alptraum anders aus …

***

Sie kamen noch am selben Tag.

Zuerst war einzig ein leises Tack-tack zu hören. Dann ein Flattern, gefolgt von einem hohen Zwitschern. Ein weiteres Zwitschern folgte. Noch mehr Tack-tacks. Immer mehr!

Angst umklammerte Minkis Herz.

Vorsichtig schlich er sich zur Balkontür. Dort konnte er sie sehen. Die Flatterviecher! Fröhlich zwitschernd hackten sie auf die falschen Leckerbissen im Häuschen ein. Mit ihrer bloßen Anwesenheit verwandelten sie seinen geliebten Sonnenfleck schlagartig in einen Ort des Grauens!

Schaudernd legte der Kater die Ohren an.

Minki musste etwas tun. Er musste diese Viecher loswerden. Das waren Bestien! Ungeheuer! Peckende, aggressive, zornige Mistfliegen!

Ein weiterer Vogel landete vor dem Häuschen und quetschte sich hinein. Sofort meckerte ein anderer rum. Ein wildes Zwitschern brach aus. Flügel wurden ausgebreitet. Die Körner schneller verputzt. Tack. Tack. Meckern. Flügelpeitschen. Tack. Tack!

Teuflische Viecher.

Doch dann hielten sie plötzlich inne und stoben davon.

Erschrocken zuckte er zusammen, als die alte Zweibeinerin hinter ihm etwas sagte. Er hatte sie gar nicht bemerkt! Waren die Flatterviecher vor ihr geflohen? Vor der Frau seines Retters? Ja. Sie konnte manchmal schon zum Fürchten sein, aber … eigentlich …

Neugierig blickte die Felllose auf ihn herab, ehe sie in die Küche ging und die Tür offen ließ.

Einen Augenblick später kehrten die Vögel zurück. Erneut stürzten sie sich auf die falschen Leckerlies. Sie pickten die Körner gierig auf. Schimpften dabei. Flatterten. Hetzten.

Minki schaute unschlüssig zwischen den Ungeheuern und der Küche hin und her. Er mochte seine Gedanken nicht … Aber wenn er diese Flatterviecher wirklich loswerden wollte, musste er die alte Zweibeinerin herlocken. Nur musste er sich dafür bei der Frau einschleimen und-

Nein. Das käme niemals in Frage!

Besser wäre es, wenn dieses Häuschen nicht mehr da wäre. Genau! Die Viecher kamen nur, weil sie Futter in dem bunten

Ding fanden. Wenn es aber nicht mehr hier stände ... dann würden sie auch nicht mehr kommen, oder?

Entschlossen hielt der Kater an seinem Gedankengang fest. Es musste einfach so sein! Es war seine einzige Hoffnung. Nur wenn er das Häuschen entsorgte, würden die Bestien endgültig verschwinden.

Nicht, dass sie ansonsten noch hier einzogen!

Geduldig wartete Minki darauf, dass die alte Zweibeinerin die Küche verließ. Es sollte nicht so lange dauern. Immerhin schloss sie die Türen sonst. Sobald die Flatterviecher sich vor ihr erschreckten und davon stoben-

Schritte. Flattern.

Der Kater blickte kurz der Felllosen hinterher. Dann zum leeren Balkon. Eilig nahm er seinen Mut zusammen und sprang draußen auf den Tisch. Er spürte die Blicke der Ungeheuer auf sich ruhen. Nur durfte er sich davon nicht einschüchtern lassen! Wenn er jetzt nichts tat, würden sie immerzu wiederkommen – und vielleicht sogar ihre Freunde mitbringen!

Schaudernd biss er sich in dem Häuschen fest.

Zwitschern. Meckern. Flügelpeitschen!

Er durfte keine Zeit verlieren – eilig sprang er mit dem Häuschen zu den Blumenkästen rüber. Dort war der Abgrund. Selbst die umliegenden Bäume waren kleiner! Und da unten würden ihn die Flatterviecher nicht stören. Er musste dieses bunte Ding nur übers Geländer-

Neben ihm landete eine der Mistfliegen in den Pflanzen. Sie schimpfte ihn aus. Holte mit dem Schnabel aus. Breitete ihre Flügel aus!

Minki erinnerte sich an seine Kindheit zurück. Damals. Als die Flatterviecher ihn das erste Mal verfolgt hatten. Sie waren in Scharen auf ihn losgegangen. Wütend hatten sie ihn gejagt. Es war ein Meer aus Federn gewesen!

Federn, Augen und Schnäbel!

Angeleitet von seiner Angst, mobilisierte er all seine Kräfte und zerrte das Häuschen über das Geländer. Er ließ es fallen und bemerkte erleichtert, wie die Vögel dem bunten Ding verzweifelt hinterher flogen. Sie hatten nur noch Augen für dieses dämliche Häuschen!

Nicht für ihn.

Ein Glück.

Einen Augenblick beobachtete Minki, wie die Flatterviecher sich unten auf die Körner stürzten. Immer mehr versammelten sich bei dem kaputten Ding. Die bunten Farben waren ihnen egal. Sie kümmerten sich nur um ihr Fressen.

Keiner blickte nach oben.

Friedlich sackte der Kater im Blumenkasten zusammen.

Er hatte die Ungeheuer vertrieben!

Minki und der Abschied

Auch wenn eine Katze sieben oder gar neun Leben haben soll, so lebt sie dennoch nur ein einziges. Dieses eine ist dabei nicht einmal besonders lang. Im Durchschnitt kommt es vielleicht auf 15 Menschenjahre. Plus/Minus.

Minkis erreichte sogar stolze 17 Jahre, ehe sein Körper sich endgültig zur Ruhe legen musste.

Der Kater spürte, dass er nicht mehr länger hatte. Von Tag zu Tag wurde er schläfriger. Er schmiegte sich immer häufiger an seinen Retter. Ärgerte dessen Frau weniger. Ja, er verzieh der mickrigen Zweibeinerin sogar, wenn sie versehentlich auf seinen Schwanz trat!

Alte Fehden erschienen ihm plötzlich so unwichtig.

Dafür genoss er die warmen Sonnenstrahlen. Und sein Essen mit besonders viel Soße. Auch ließ er sich nun lieber streicheln. Solange ihm dabei niemand die Sonne stahl!

Eines Morgens trat sein Retter murmelnd an ihn heran. Müde öffnete Minki seine Augen. Eigentlich wollte er schnurren. Doch irgendwie fehlte ihm jede Kraft. Von daher beschränkte er sich auf ein Blinzeln.

Der Zweibeiner brummete leise. Dann trug er den Kater in die Küche. Bis zu seinem Napf.

Huh? Hatte er nicht aufgegessen?

Minki rollte sich auf dem Boden zusammen, während er seinen Retter beobachtete. Dieser leerte die Schale aus. Wusch sie ab. Befüllte sie neu. Stellte sie direkt vor ihn hin.

Minki schnupperte.

Erschöpft legte er den Kopf auf den Boden.

Seufzend goss der Zweibeiner nun Sahne auf einen Teller. Ui! Die liebte der Kater vom Herzen! Doch als sie vor ihm stand …

Erneut rollte er sich zusammen. Diesmal mit dem Rücken zum Futter. Ein Teil von ihm wusste, dass er nicht mehr lange durchhalten würde. Da sollte sein Retter kein Essen für ihn verschwenden.

Sanft strich der Felllose erneut über Minkis Fell. Schwarze und weiße Haare. Zwischen den dunklen Stellen hatten sich vereinzelte helle Strähnen geschlichen. Sie sahen fast grau aus.

Genauso wie die Haare seines Retters.

Wann waren sie so alt geworden?

Der Kater konnte sich noch glasklar an ihr erstes Treffen erinnern. Damals hatte er sich so wild benommen! Dennoch hatte sein Retter ihn aufgenommen. Er hatte ihm ein Heim geschenkt. Liebevolle Momente. Großartiges Essen.

Ob sich der Zweibeiner noch an die Fische erinnerte, die der Kater in der Wohnung verteilt hatte? Oder an die kaputten Strumpfhosen seiner Frau? Wie viele Katzen wohl die eckigen Bäume aufschließen konnten?

Er hoffte inständig, dass sein Retter ihn nie vergessen würde.

Er hoffte, dass sie sich wiedersehen würden.

In Gedenken an Minki
1980 – 1997

Minkis Vokabular

Retter: Mensch, der ihn bei sich aufgenommen hat
Zweibeiner/Felllose: Menschen
Grünzeug: Zier-/Zimmerpflanzen (meist Kakteen)
silberner Stock: Wasserhahn
hohes Becken: Waschbecken
glänzender Stock: Querflöte
zottelige Decken: Handtücher
abziehbares Fell: Kleidung
Donnertrommel: Waschmaschine
eckige Bäume: Schränke
perfektes Versteck: Wäschekorb
Kittelleute: Tierärzte
gackernde Nicht-Fliege-Federviecher: Hühner
Flatterviecher/Mistfliegen: Vögel
endlose Steine: Stufen/Treppen zur Dachwohnung
dröhnende Maschine: Rasenmäher
starre Tiere: Plüschtiere
Zweige auf Nase: Brille
heißer Stein: Bügeleisen
kleines Wesen: Menschenbaby
größeres Wesen/mickrige Zweibeinerin: Enkelin des Retters
Metallstifte: Schlüssel
schiefer Ball: Wollknäuel
komische Stöcker: Werkzeug
Brett mit komischen Steinen: Schachspiel
langes Wesen/Nachbar: Dackel

Danksagung

Heyho ... Dieses Mal fällt die Danksagung wohl ruhiger aus.

Während meine anderen Geschichten rein fiktiv sind, stellt Minki die einzige Ausnahme dar. Denn dieser freche Kater und vor allem sein Retter haben mir als Kind die Welt bedeutet. Noch immer kann ich mich daran erinnern, wie ich durch die Wohnung geeilt bin, um den Vierbeiner zu finden, nur um dann von seinem Ableben zu erfahren.

Und nun ist mein Großvater, der Retter, der die Geschichten des albernen Katers am Leben erhalten hat, diesen Sommer von uns gegangen.

Ohne ihn fühlt es sich so verkehrt an, diese Ereignisse aufzuschreiben. Ich kann es nicht mehr. Aber ich möchte die ehemaligen Blogbeiträge auch nicht in den tiefen des Internets verlieren. Deswegen ist dies ein doppelter Abschied.

Ein doppelter Abschied mit je einem dicken Dankeschön:

Zum einen an meinen Großvater, der meine wichtigste Bezugsperson als Kind war. Wenn er da war, brauchte ich keine Angst haben. Er war mein Leuchtturm. Was mir auch auf dem Herzen lag – stets hörte er mir ehrlich zu und half mir, mich nicht kleinzureden oder zu verstecken.

Zum anderen an den frechen Kater Minki. Ein Kater, der mir so viele kindliche Lappalien verziehen hat, während er jeden anderen angefaucht hätte. Ich vermisse es, dich zu rufen. Und ich vermisse, wie du mir neugierig gefolgt bist.

Als hättest du auf mich aufgepasst.

Und ... nun ja ... irgendwie hast du das ja auch, oder? So schnell, wie du weggerannt bist, wenn ich mich verletzt habe-
-und so schnell, wie du mit meinem Großvater wiederkamst.
Danke.

Medra

113

Weiteres von der Autorin

Medra Yawa ist eine fantasievolle Berlinerin, die sich als Mutter, Studentin, Angestellte und Autorin durchs Leben hangelt. Zu ihren früheren Werken zählen unter anderem die YA Merichaven Trilogie, der Auftakt ihrer Fantasy-Reihe Kriegsheim, das Kinderbuch über die kleine Wolke Fuji, mehrere Kurzgeschichten bei diversen Verlagen sowie ihre Blogbeiträge die wöchentlich das Licht der Welt erblicken.

Für einen knappen Überblick schaut doch mal auf Twitter oder ihrer Webseite vorbei! Dort erscheinen regelmäßig Neuigkeiten über ihr verrücktes Leben und Infos zu Neuveröffentlichungen.

(Manchmal gibt es sogar Gewinnspiele!)